なかむら夕陽日報

中村俊郎・眞知子・潤

幻冬舎MC

なかむら夕陽日報

はじめに

妻に初めて『夕陽日報』の自費出版を提言した。その引き金になったのは、二年前に手術をしていただいたTドクターの「奥さん、美術系か？」の一言だった。

妻は全く美術とは無縁だったが、その言葉から、いつだったか妻が語った思い出話「下半身の大火傷をして、幼子にとっては長い長いうつ伏せ治療。うつ伏せで寝ながら塗り絵ばかりしていた。痛さや辛さの記憶はないけれど、お湯をかぶった所や母が診療所まで抱えて走ってくれた道や、塗り絵をしていた光景は覚えている」を思い出した。

前年の二度の入院に続き三回目になった今回の入院（二〇一七年七月）は、私の肺腺癌手術が目的で、幸運にもゴッドハンドに恵まれ生きて退院できた。おかげで保険金（入院費と退院後自宅治療費）が妻の口座へ入ることになる。「あぶく銭」として使う、あるいは貯めておく手もあるが、そうではなくて有効に使ってもらおうと私は考えた。

二男（二〇一一年十一月に統合失調症と診断されたが、これまでの六年間で当時では予想もできなかったほど回復してきた）の病気と、二男だけではなく私のアルコール依存症も含めて、妻は疲弊した。三人がひどい状態のときに、彼女は生きるための希望や夢や期待というより、一日ひと日、そのひと時を生きるための「よすが（縁）」として日記を綴っていたのではないか。家族が最悪の時の、妻が最大の拠り所とすがりついてきたのが『夕陽日報』である。

妻は「うん」と言わなかった。私は、親が残せる二男へのメッセージを二人で書こうと提案した。妻は賛同した。私たちが原稿に向かっていると、二男が「僕も」と仕上げた原稿を持ってきた。こうして私の提言は、三人で作る『夕陽日報』になったのである。

十八年前の二〇〇一年五月、私は胃癌で入院し、全身麻酔される前に中島みゆきの『わかれうた』を聴いたのだった。私にとっては初めての手術で「まな板の鯉」となりながら「もう二度と目が覚めないかもしれない」今生の別れの可能性が『わかれうた』という曲を選ばせたのだった。

今回もオペ室へ行く前は、私はそうしてもらうつもりでいた。しかし「まな板の鯉」となりながら聴こえてきたのは、二男が作詞作曲し、二男が演奏し歌っている『僕のお父さん』だった。

生き返ってすぐ思い、妻に向かって言葉にしたのは、「『わかれうた』ではなかったな。どうしたの？」

妻は看護師の許可を得て変えたとのことだった。私を思って作った息子の歌と声が私を励まし、一番この世につなぎとめるだろうと考えたのか……。そのCDに妻が描いた私の似顔絵があった。病院のものではない聞き慣れぬ歌に心留めたTドクターが、それを見て私に尋ねたのだった。

二〇一九年五月三十一日　　中村　俊郎

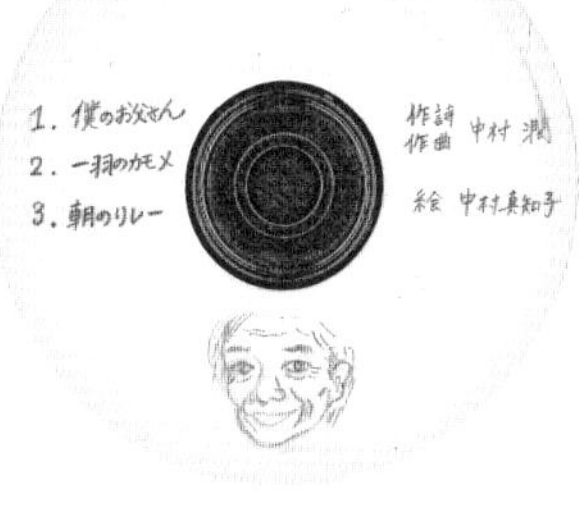
僕のお父さん
1. 僕のお父さん
2. 一羽のカモメ
3. 朝のリレー
作詞
作曲 中村 潤
絵 中村真知子

なかむら夕陽日報　目次

父からの章

母からの章

はじまり

私たち三人が一緒に暮らし始めたのは、二〇一一年（平成二三年）一二月二八日です。私たちの二男、潤が統合失調症の診断を受け、神奈川県から三重県に戻ってきた日からです。そこから私たち三人は新しい生活を踏み出し、八年の月日を重ねてきました。

私たち夫婦は二人とも定年より早めに退職をし、夫、俊郎は念願の山仕事にかかりました。私は目標もなく、とりあえず土地を荒らすと恥ずかしいという世間体から畑仕事をしました。やっているそぶりでいいやというくらいの気持ちで始めたのですが、何もかも知らないことだらけでした。図書館で本を借り、読んではメモを繰り返し、やがて小さなノートが一冊できる頃、畑が花壇のように思えてきました。「いろんな野菜が作れたらいいなあ」という気持ちが湧いてきて、いつの間にか図面を描いていました。「薬を使わずにしたいなあ」と、いつの間にか科目別の輪作計画を立てていました。私の手仕事でもできる小さな十六個の畑と、それを取り囲む雨の日もぬかるまない作業道ができ上がっていきました。ノートが二冊目の頃には、粘土質の土や石を掘り起こして、いい土に変えようとしていました。夫は山へ、私は畑へという生活です。

そんな折、病んでなお東京に留まろうとした二男が戻ってくれました。この日に、偶然に、

なかむら夕陽日報
'11.12.7 (水)
戻りし子励ましたくてたんぽぽの綿毛飛ばそう
ふんわりふわり
けれども　お父さんと一緒に
帰って来なかった

戻ってくれたのです。

東京を拠点にして生活や仕事をしていた二男は、さまざまな状況を乗り越えようと、自分を追い込んでしまいました。東日本大震災の頃から病気の発現があり、幾度も大きな波に襲われていたのだと思いますが、自身には理解できないままに窮地を乗り切ろうと頑張ったのだと思います。

私たちも彼が思春期を過ぎてから十五年間、自己判断で自分の道を開いていましたから、「この子は大丈夫、今に辛さの底から浮かび上がる」と、調子を崩しているのを知りながら、精神疾患への無知と、親の勝手な思い込みや試練を乗り切ってほしいという願いとで、早期に病院へ連れていくことができませんでした。特にかつて一度帰省したのに、また送り出してしまったことを強く後悔しました。

この後悔の念や申し訳なさばかりが、その後の私を長く縛っていきます。同じような思いを抱く人や、前向きに捉えていく家族や支援者に出会うまでは。

調子を崩した息子が心配で、私は何度も上京（後に神奈川へ転居）していたのですが、とうとうなす術もなくなってしまいました。私に代わって夫が二男のアパートに泊まりで生活してくれました。そんな夫から「すぐに来い。家族診察ができるようになったから」の連絡が入り、私はいつでも行ける用意がしてあったカバンに、何を思ったかスケッチブックを掴んで、ＪＲ『快速みえ』に飛び乗りました。それが偶然につながるとはつゆ思わずに……。

スケッチブックには、夫から送られた一カ月余りの日々のメールと、私の一人暮らしの絵日記がありました。遠く離れた二人を近くに感じたくて、そして私も二人の窮状に力を合わせたくて書き始めたのです。一人ぼっちで彼らを案じる不安を紛らわしたかったのかもしれません。

夫婦でドクターの話を聞いてからアパートまでの帰路は、私の記憶にありません。すでに夫を部屋から閉め出し内からカギをかけてしまったアパートのドアを、夫に代わりノックしました。すると二男は私を入れてくれたのです。

閉め出された夫は車中泊をしながら二男を見守ってくれていました。私もドアから出ると、次はもう入れてもらえないと思いましたから、食材を夫に頼み届けてもらって食事を作りました。夫がメールで知らせてくれたように、私も黙ってそばで過ごしました。時々のマッサージは嫌がりませんでした。

そのようにして過ごした二日目の夕食後だったでしょうか。スケッチブックを見ていた私に、「何?」と二男が声をかけてきました。「麻加江で一人になった時から描き始めたんよ」と答えると、二男も絵を見始めました。

私に代わってページを繰っていった二男の手が、おばあさんと少年の乗る緑色の車がツリーを積んで疾走する絵（図書館で借りた童話の挿絵）に来たところで止まりました。残っている最後の力を振り絞るように立ち上がり、絵から触発された曲を作ろうとキーボードを手にしました。しかし一音も生まれてきませんでした。息子は私に、

「もうできない……。帰ろうかな。」

と言いました。

二男は、辛いけれど限界を知ったのかもしれません。もういいんだとホッとしたのかもしれません。

私は、本当に嬉しかったです。久々にホテルに入った夫にすぐ連絡をしました。部屋に入り歯磨きの袋を破いたところだった夫は、お金を払いすぐに戻ってくれました。荷物は何も積ま

ず二人の体と私のカバンだけ乗せたら、車は急いで発車しました。まるで呼び戻すものから逃げるように。

その夜、日をまたいで私たち親子は息子の故郷へと戻っていきました。

中村ゆうひ日報
薪ストーブがともったよ。
'11.12.1（木）

なかむら夕陽日報
白菜も葉っぱのマントをかぶりました。
潤にも絵ハガキを送りました。
'11.12.18（日）

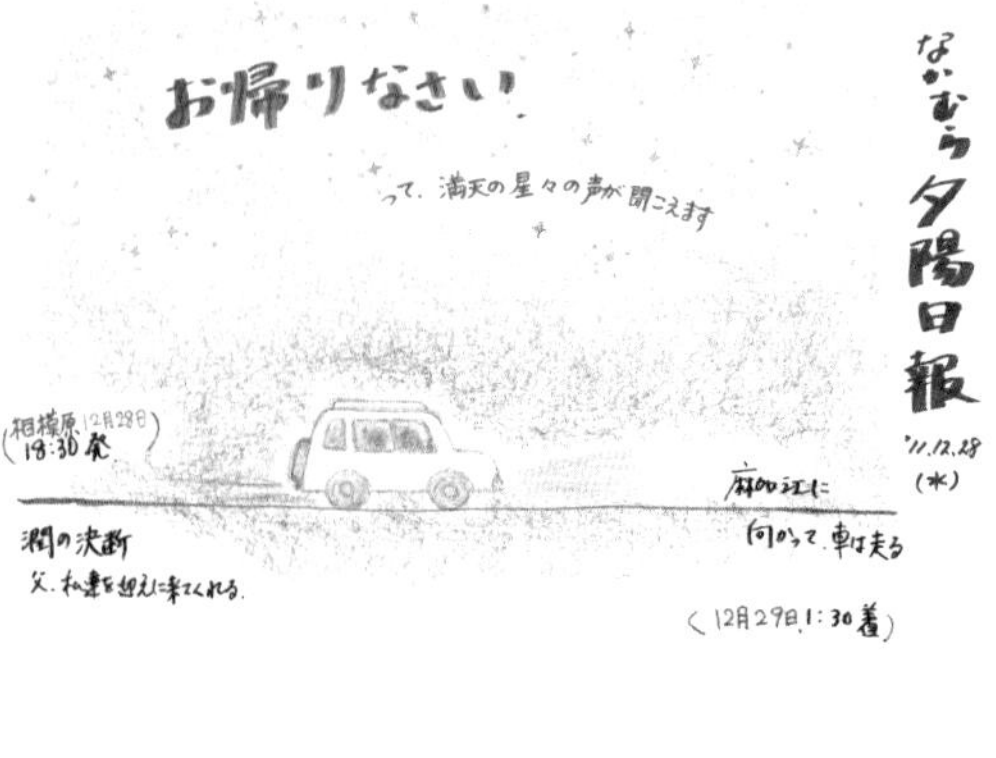
なかむら夕陽日報
お帰りなさい
って、満天の星々の声が聞こえます
'11.12.28（水）
（相模原 12月28日 18:30発
麻加江に向かって、車は走る
潤の決断
父、私達を迎えに来てくれる。
（12月29日、1:30着）

音楽との別れ……そして繭の中へ入る

東京から神奈川県相模原に移る際、友人にいくつか楽器を譲り、相模原では私の目の前で大切なキーボードをたたき壊しましたが、最後の一つになったショルダーキーボードと機材は、アパートの整理に行ってくれた長男が持ち帰ってくれました。しばらく父と作業に出たり、これまで仕上げてきた音源に歌を吹き込んでCDにしたりしていましたが、生活できる段階ではありませんでした。日々刻々と気持ちが変化しているようで、見ていても辛さばかりが増えていきます。

けれどもこの状況は、まだ小康状態だったのです。少し元気になると父母の手伝いをしたり、私の絵日記『夕陽日報』に自分も絵や文を書いたり、仕事に就こうと動いたりしましたから。でもこれが、今から思うと第二の危険な壁（後述）だったのです。

薪ストーブの前で、久々にゆったりとギターで歌いかけ、私も一緒に口ずさんだ静かな夜の翌日、その日は三月なのに凍雨の降る冷たい一日でした。あんな穏やかな夜の翌日、二男は残る音楽

黄と緑
あざやかな色の向こうには
偉大な自然の力が見える

の機材すべてを捨てに行きました。町の美化センターへ。私は、楽器を見送りながら、二男が十数年かけて積み上げてきたものや、楽しかった過去もすべて捨てるようで、息子が消えていくように思いました。

「それはお前の感傷だ」と夫が吐き出すように呟きました。今なら私にも分かります。夫は、すべてを飲み込みました。自他の命に関わらぬ状況ならば、二男のどんな選択も行為も行動も、黙って受け入れる覚悟をしていました。それがどういうことを意味し、どんな言動が求められるのか、その行動がいかに難しいか、私には分かっていませんでした。

私はおそらく間違った対応をしていたのだと思います。回復へ向かうためのこの時期の壁〈病気へと向かう壁を第一の壁としたら、本人にとって更に厳しく辛いと言われる第二の壁のこと《中井久夫精神科医の著書より》〉を前にして、『二男と生きる』ことの本当の中身が分からず、『ただ子を思う』という私的感傷を優先させていました。更に壁を高くしたのです。

これまで自分がとった幾つもの言動のまずさや認識のズレ、常識への縛りや一方的な見方に、私もだんだんと気づいていきましたが、そのとき分かったつもりでも、更に時が経つと新たに見えてくるものがあります。この夫の言葉も、現在直面している問題を考えていたら、ふっと浮かんできました。連られて当時の思いも甦ってきました。

閉ざすとは自分なくすとはカレンダーがないということか今日さえ遠い　（二〇一二年五月）

今ならNGですね。今日がないくらい、一瞬一瞬に翻弄されても活動できなくても、生きていること――いのち自体――が時を刻んでいるのに、ちっとも分かっていませんでした。ここには、子と生きるという親の覚悟から遠く、無と感じる私の感傷があるばかり……。

二男はその後、薬もしっかり飲めず症状が悪くなります。お盆の準備が始まった八月十日、ようやく自分から薬を飲み始めることができました。そして、音楽については全く語ろうとも聞こうともしなくなりました。まるで繭の中に入ったように外界の音をシャットアウトして、今まで一度もやってこなかったことをゆっくりゆっくりしはじめました。

家の中はテレビの音もラジオの音もありません。田舎ですから、外に出ても音はありません。雨の音、風の音、小鳥の声、時々の飛行機の音、学校帰りの子供の声……私たちも、静かに寄り添って外仕事をしました。息子の活動を見守り、ツィンツリーと名付けた木の下の石のテーブルで、

南側の銀もくせいに、花が
咲いてきた。甘ずっぱい香を放って。
いいお天気。
あっ何のにおい？、
見上げたら、
ティータイム
草花 木々も
見つめてる
～潤～

アリガト～～！
（腰伸ばし、こし伸ばし…）
オーイ！
お茶タイム
だよ～～
トン、トン
ジャガイモ畑の準備。

ティータイム（腰伸ばしタイム）を日課としました。繭の中で自分を守り、少しずつ外へ出られるようになっても繭は潰されることなく五年間が経っていきました。

この繭が潰され、自らも壊していったのは、当事者との密度の高い交流（就労移行支援事業所）だったと思います。良くも悪しくもやがて繭から出なくてはなりません。

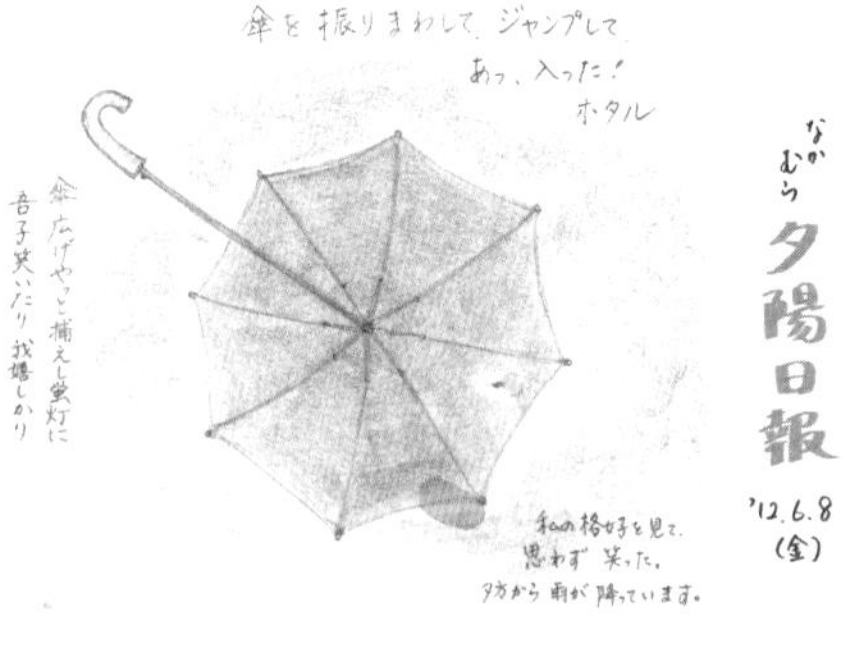

満月を見ながら
吾子は歩いたか
二八キロ六時間半

（二〇一二年六月）

なかむら
夕陽日報
'12.6.2
（土）
ラッカセイ畑を起こしていたら、
モンシロチョウが、こんなすぐ近くに。
（私）
人なんかまるで風景の一つかのように。
ひらひらと飛んでみたり。
つんと もり上げた土の上に休んでみたり。
日差しの強い日の夜遅くに。
ぞうりずれした足で
帰ってきた。私は出た時を
知らず、耕していた。

夕陽日報

スケッチブックに書いた絵日記を我が家の新聞『夕陽日報』と名付け、その後も拙い絵と文で書き続けたのは、次のような理由からです。二男が見てくれて、帰るきっかけになってくれたものだから。これなら二男が反応してくれて、私と話せるのではないかと思ったから。でも一番の理由は、過去も今も消し去ったような二男に、「あなたは、今日はこんな暮らしをした…。昨日はこんなふうだった…。後ろには、暮らしが残っているよ…」と、二男に自分の一歩一歩を感じてもらいたいからでした。読む力が弱っているので、視覚なら叶えられるかもしれないと考えました。

二男は、回復の是非も分からぬまま、高くて厚い壁の向こうへと、一日一歩進み始めました。言葉が出なくても、私たちが不安になる行動でも、「活動出来たらいい」と口癖のように言った夫の言葉のように、彼の周りには毎日毎

日の営みが確かに刻まれていきました。このことを『夕陽日報』は教えてくれます。

初めて買い物をしたかごの中身、黙って遠くへ行ってしまった日、何かに心奪われたような場所、初めて笑った日の出来事、初めて一人で津のデイケアへ出発した後ろ姿、初めて聞いた鼻歌の一節、気分転換と言って外に出た雪の翌朝……。その日見つけた小さな驚きは、知らぬ間に私自身を励まし、心の波を鎮めてくれていました。

『夕陽日報』は我が家で三年間続きました。その間の私たちの様子は、三六冊のスケッチブックと、家族会の会報に載せていただいた次の記事（一部加筆修正）から伺えます。

「冬が過ぎて…春になって…もうすぐ春が終わるな……」

津の病院へ向かう車中で、息子がふと言った。運転していた私は、言葉を返しながらもたったこれだけの言葉に、心がほっこりして軽くなっていったのを覚えている。彼が故郷に戻って以来、何度も何度も通院する車窓から、サザンカが咲き、桜が咲き、ムクゲや夾竹桃が咲き、稲穂や山の色づきを目にしたのであろうが、二度目の冬が去り夏の足音がする頃に

初めて一人で公共交通機関を使って、
あいにくの雨の中を出かけていった。
カッパの中に、辞書と、
参考書とお弁当を背負って。
10:00発。

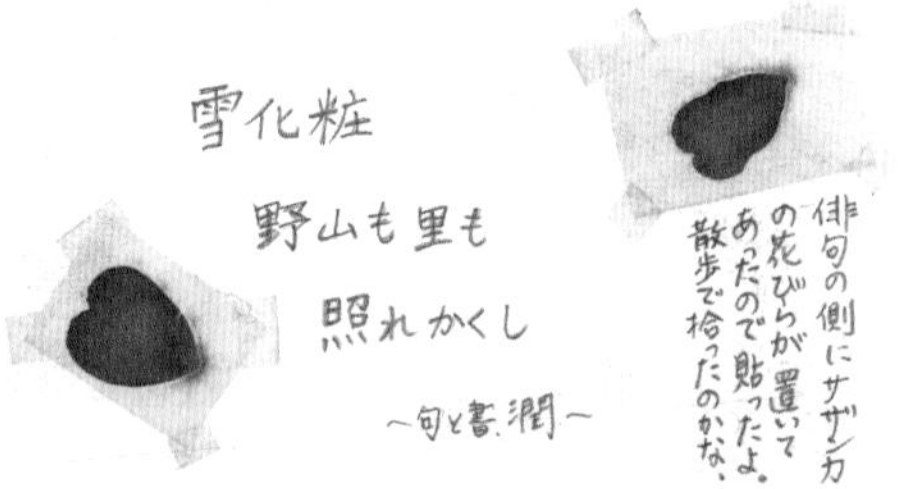
雪化粧
野山も里も
照れかくし
～句と書 潤～
俳句の側にサザンカの花びらが置いてあったので貼ったよ。散歩で拾ったのかな。

なって、初めて季節の移ろいや時の経過を口にしたからだった。

私は、ずっと息子の症状を理解できず行く先を案じていた。なぜ止められなかったかと悔やみ、生き生きした過去の姿を思い出して嘆き、親だから何とかしたいのに何もできないと悲しんだ。そんな辛さは出してはいけないという気持ちまで顔に出して。そんな時（二度目の初冬）に私たち夫婦は家族会に出会った。出会った人たちは優しく前向きだった。温かい居場所だった。会に参加した後、「大きなものに身を任せよう。今日を生きて、明日を思おう」という気持ちが起こってきた。今から思えばこれが私の大きなスタートラインだったのだろう。

けれどもスタートラインに立てたからと言って、スタートできたわけじゃない。大きなものって何だろう?身を任せるってどうする事だろう?と、もがいていた。戻ったり立ちつくしたり横にそれたりしながら、「二男は、過去の全て…楽しかったことも嬉しかったことも、頑張ったこと・誇れることまでも全部…消さなくては生きられないのだな」と思い至った時、私はハッとした。「いやそうじゃない!『自我も理性も感情も全て壊せば生きられる』という動物的本能が、あの子のいのちを守ってくれたのかもしれない！」と思ったのだ。

とても乱暴な表現だが、「あの子は死んだのだ。そして私たちに三番目の子が授かったのだ」と腹に落とし込んだら、「今の息子と生きるのだ」という現実が見えてきて、少しだけ今日が明日につながった。

何も話さぬ息子の口から季節の変化がついて出たのは、もしかしたら彼も、スタートラインを探していたんじゃないだろうか？あるいは、もう踏み出していたんじゃないだろうか？
彼は、病気のために帰るしかなかった故郷の野山を歩いた。草を引き草を刈った。薪を割り積んだ。木を削って箱を作った。畑作業をした。人とのつながりも、思考も、自己表現や自己管理もままならぬ中、動ける時々には一人で、やったことのない作業をゆっくり自分流でやった。夫は黙って見守った。私は、可哀想なのか、これでいいのか、分からなかった。
ある日、私が神社の傍にある山へ様子を見に行くと、静かに作業する彼の姿が、社の森に溶け込んでいるように見えた。小動物や木々や光や風と同じ気配でそこにいた。声が掛けられないほど私は圧倒されて、そっと帰った。誰も傷つけ合わない世界を壊してしまいそうだった。これがいいんだ……彼は気高くて、幸せそうだった。
冷たいガレージで薪を作り、野菜にかぶった雪を手で除き、竹林で竹を切ってエンドウに手をあげ……、そんな二度目の冬を越え庭の花が一斉に咲き出し野山は緑になった。鳥が訪れて、野菜が育ち、果樹が実った。鳥や花や木の名前を知っていった。彼が参加しはじめた当事者会で、そんな自然のことを報告したと、私たちに伝えた。

冒頭の彼の言葉は、ちょうどそんな頃の言葉だった。自らが身を置いた環境で、何とか活動した！という小さな実感のつながりが、季節の流れという言葉を借りて彼の口をついて出たんだな…と私は思った。彼の意志で作ってきた十余年の道を捨て、自分の意図せぬ環境に置かれても、彼は何かをつかもうとしていた。ままならぬ状態でも、「今日は動けた、明日はどうかな？」と自然に身を置き、季節の中を歩いているのだ。

挿絵は『夕陽日報』という我家の新聞の一コマで、発行者は私だ。息子も少し俳句や絵で参加した。今読み直してみると、そこには息子からの大事なメッセージがあるように思う。『僕は体で感じ取っている。大きな自然の営みと一緒にいるよ』と。

目に見える症状を見てしまいがちな私に、目に見えな

い心情を見てほしいと控えめに伝えていた。……そう思うと一年間で履きつぶした彼のスニーカーが、私の手の中でズシッと重くなった。

二男は、二年目に、院内の若者向けデイケアに週一度参加できるようになり、三年目になって伊勢のサポートステーションへ行き始め、その間にゆっくりですが話し出しました。私は二男と交流した『夕陽日報』を終えて、今度は直接に話していこうと思い始めました。けれども話し言葉でのコミュニケーションは、同時に聞くことと話すことを組み立てなければなりませんし、抽象的な言葉から想像することは互いに違ったりずれたりしていますので、絵と短文の対話よりも難しくなります。相手の表情や抑揚の影響を受けて、更に複雑・不確かなものになっていきます。会話の数が急増した現在は、行き違いだらけ、衝突だらけで大変です。でもこれって通常の会話でも大いにありますね。

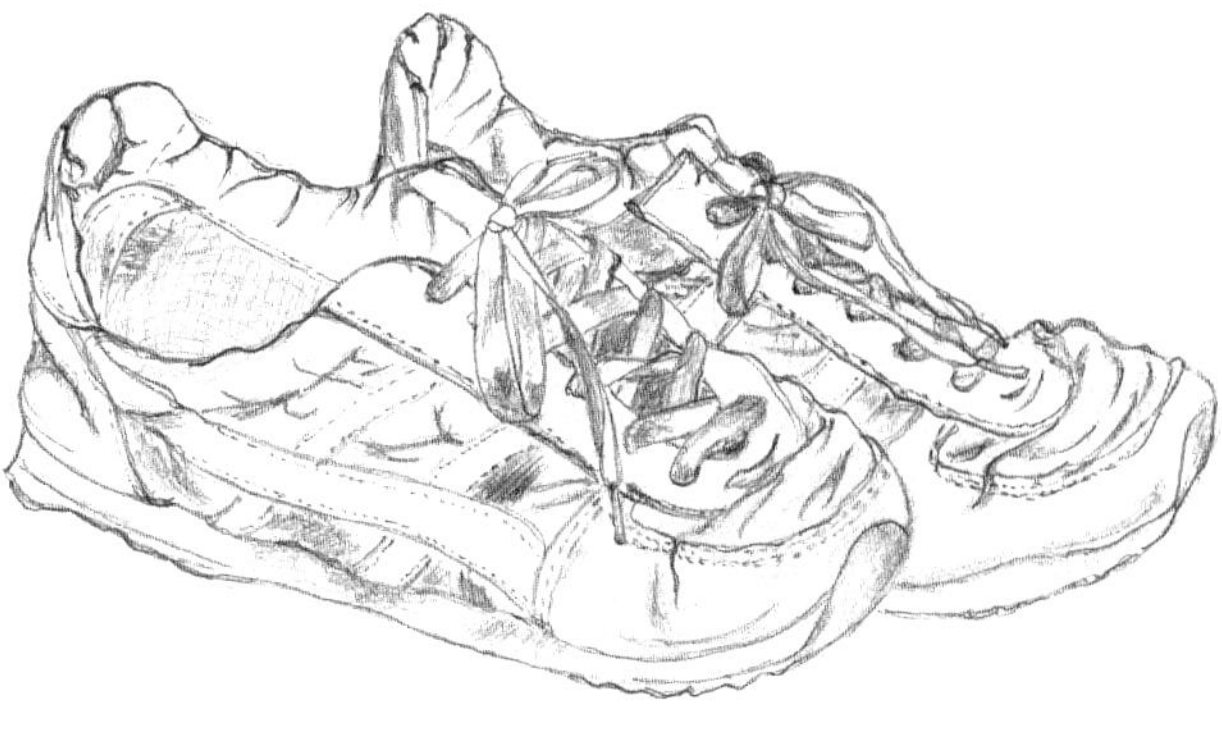

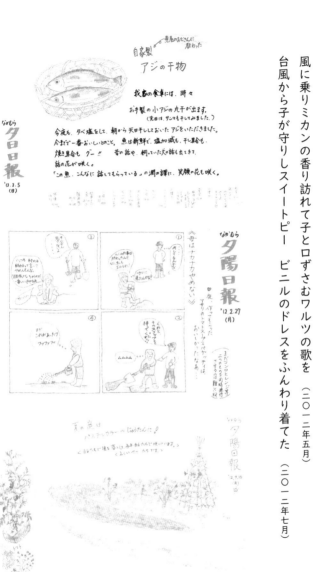

風に乗りミカンの香り訪れて子と口ずさむワルツの歌を　（二〇一二年五月）

台風から子が守りしスイートピー　ビニルのドレスをふんわり着てた　（二〇一二年七月）

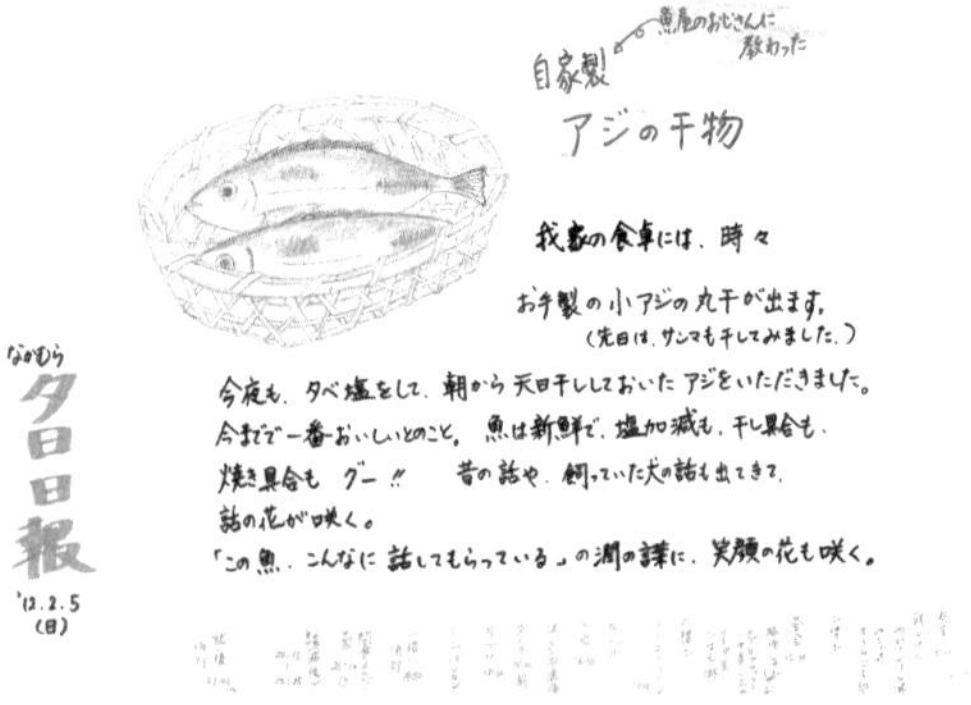

吾子は言う竹の子掘りの手を休め「真直ぐなるもの天へ伸びる」と　（二〇一二年四月）

ふつふつとお釜が笑う囲炉裏端　こぬかの湯船に浸かるは竹の子　（二〇一三年四月）

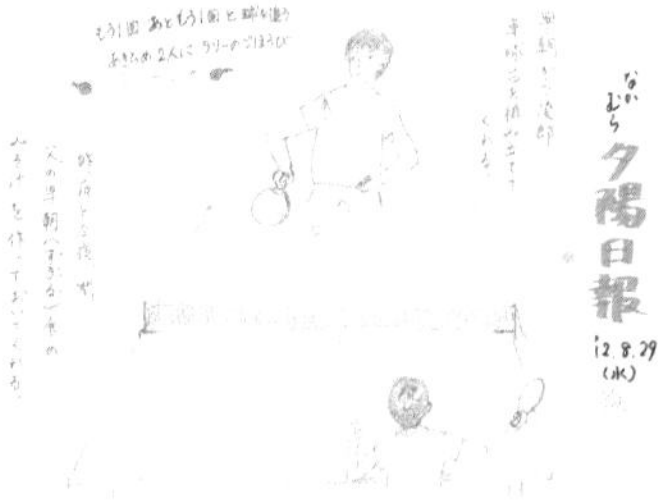

なかむら
夕陽日報

'13. 1. 2
(水)

いいお天気 外仕事も 気持ち良し。
(俊郎氏の歩きすぎか 足がパンパンにむくみ 休ませてもらう)

お獅子来る

一行は、お昼を公民館でとらせてもらいたいと言うので、
俊郎と潤は、お茶・テーブル・ストーブの用意に行く。
私は、朝潤と下川原までウォーキングに行って、すっかりグロッキー。家で休む。
だから片づけも潤と。

ピーヒャララー
テンツクテン

(PM) 3:00 家にも獅子が来た。
今年は天狗さんも踊りに入って、にぎやかだ。

ようく見ると、お獅子は首をひねって、空まであおいで、なかなかユーモラス!! に踊る。

とても暖かい昼下がり。

お獅子がくれた笑いの種が、松かざりの玄関から入ってくれたかな？

なかむら
夕陽日報

'13. 1. 11
(金)

手と足

「これ」と目で語りて柚を渡す子よ
暗き戸口に生命《いのち》が灯る

日も落ちて、一段と寒くなった戸外へ出ていった。

待ちながら、今日一日の様子や表情が重なってくる。

どこを歩いているのだろうか…

どこで佇んでいるのだろうか…

戸口でかすかに音がした。

柚の実一ケだまって手渡されたとき、この小さな黄色い実が大切な命のあかりのように、私の手の平に入った。

足先に初めてできたしもやけは
活動の証し 痛がゆい勲章

お風呂がすんで、夕ごはんのとき、何の話がきっかけか、霜やけの指先を見せる。
西の納屋やガレージで作業を続けてできたのだろう。勲章だね。

なかむら
夕陽日報

'13. 2. 18 (月)

昨日、2人で薪玄人《まきくろうど》へ。
こんな様子を、昨夜、父に話す。
そして、今日は3人で話した。
このサークルの人達(仲間)と
大分慣れてきたことを。

作業した人の名を記入するカレンダーが貼ってあります
コンテナ内は、休憩時のお茶タイム場です。
潤
真知子

作業場は、この7人で分担だ。

あとの4人は、現場の木を切り、つみ出しに行く。

心病みてなおそっと吾にくれるのは天使の笑顔君十八歳　（デイケアで二男と勉強する女子高生に会って）

その色とその味で自己主張するグミは春でも夏の実でもなし　（二〇一三年五月）

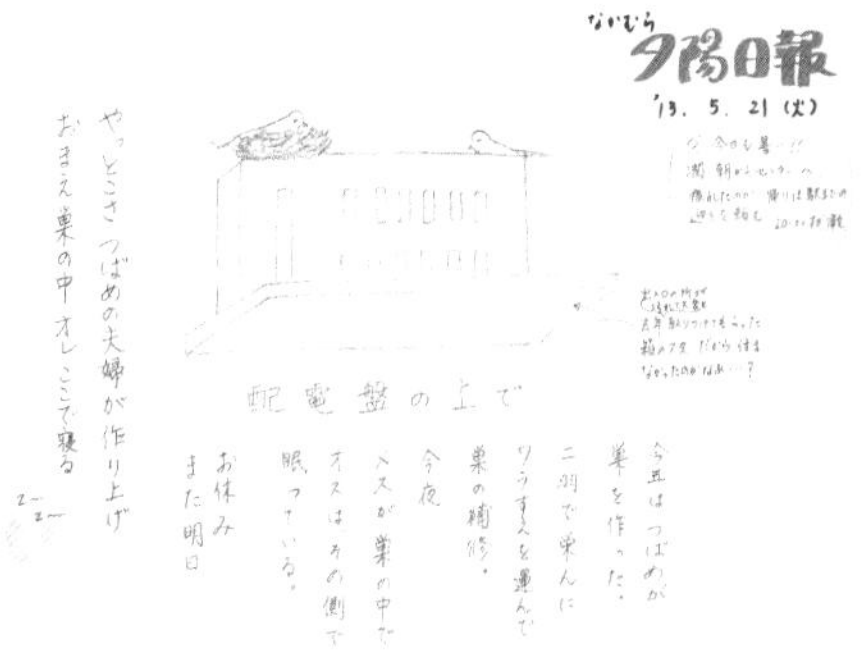

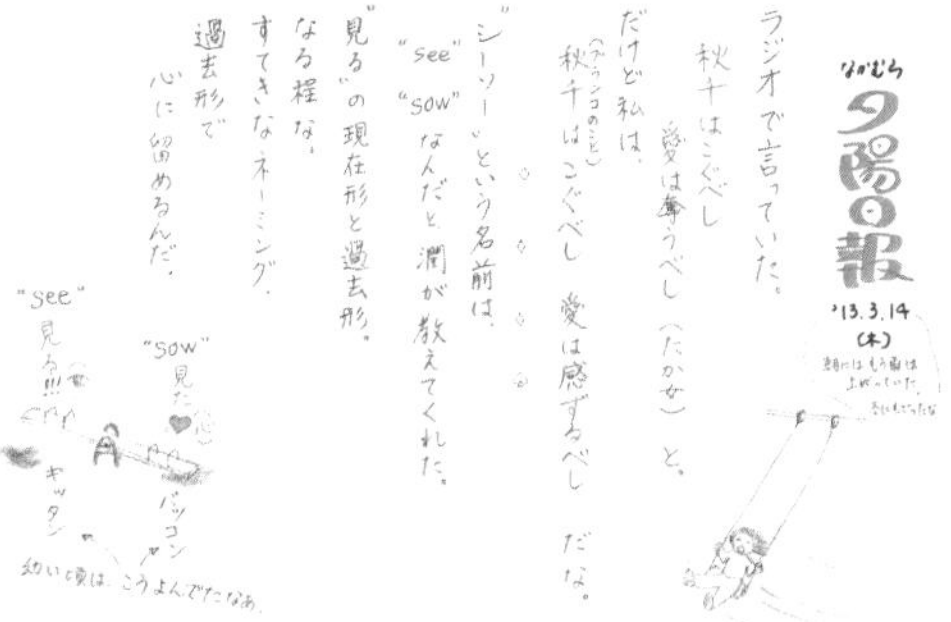

夕陽《なかむら》日報

'13.11.2
（土）

すばらしいお天気

きのうに続いて、キャベツ畑の準備をした。前に掘りおこしてくれた粘土の出し忘れも取り除き、その土をストーンガーデンの石の小道の整備に使ってもらった。明日の収穫祭、なんとかお天気がもつゾ!!

柿取り

毎日黙々と、鳥と競争しながら柿を取り、ひたすらむく。

俊郎、もう500コ以上の渋柿を吊しただろうか。

きのうは初めて潤も柿取りに参加した。

だから、今朝、「柿取りの夢を見て、俳句を作ってた」

と言って起きてきたそうだ。


こんな様子だったのだろうか？

潤が竹ざおでもいでいたら、4つなりの柿の枝が落ちた。「アッ！」
とっさに左手と胸で受け取った。

夕陽《なかむら》日報

'13.10.29（火）

やっと、晴れたというのにネ。

畑のサツマイモは、大丈夫かなあ。

今日のセンターへは私が行く。案内の人の親切で、見たかったのは終わっていたけど、11/21（木）のチケットをいただいた。こちらの方が行きたいな。尋ねてみて良かったなあ。

感動と驚き

さだまさし作（図書館で頼んでおいた小説）

『風に立つライオン』を読み終えたら

昨夜、「クローズアップ現代」を見た。

東北の秋田県の取り組み、ひきこもりの人を外へ、という番組で、潤も最後まで見ていた。

居場所として、仕事を求めている、という内容だった。そんな人もいるし、仕事の他の居場所を求めている人もいるだろう。今は違っても、時が経てば、変わるかもしれない。だから「ダイジョウブ」今、自分が一番いいことをし続けていったら、きっといい方向へ行くさ。とにかく今をしっかり生きようか、二人共に。


『将来を憂いても、それが何になる。

未来を作るのは、今なんだ。

だから目の前のチャンスは逃さない！

というか、チャンスだと見ていくんだ!!!』

〜ミセス ダイジョウブより〜

ノンフィクション生の小説が・・・
『車前に立つシカ』というか、
『雨に立つシカ』だ!!

〜ああ、驚いた〜
（フレンズの帰りに）

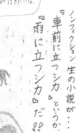

陽に風に土に感謝のティータイム吾子の焼きたる豆腐ドーナッツで　（二〇一四年四月）

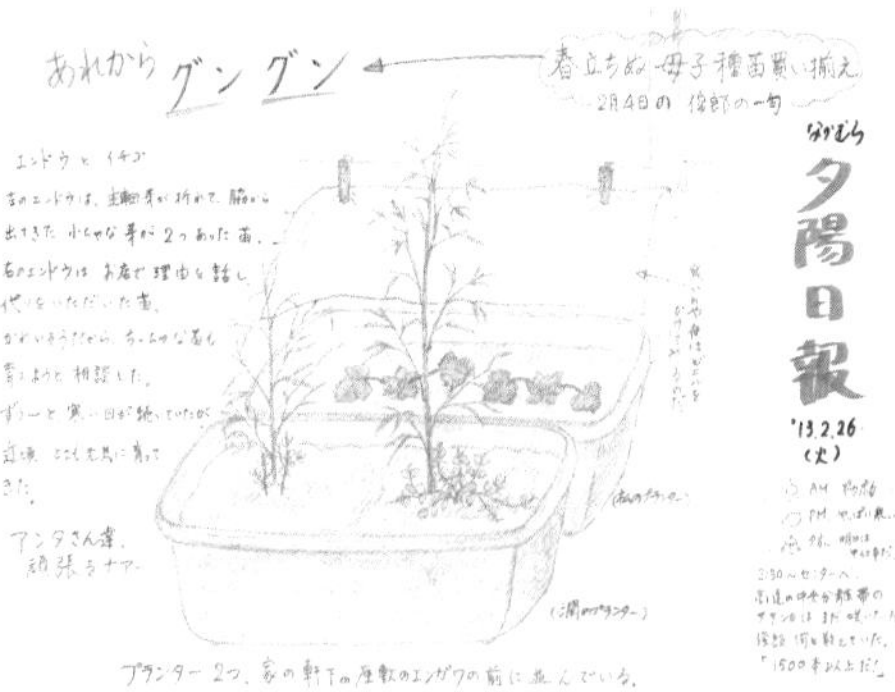

取り出せた幼き日の書を唱和する『希望前進』読めるまでになり　（二〇一四年九月）

壊しきり閉ざしきる過去　雪が消え別の世界の歌が微かに　（二〇一五年三月　この地に珍しい大雪）

夫も病気に

二男に続いて一年後に、夫も精神を患っていきました。

ずっと口にしなかったアルコールを地区の役を引き受けて飲んでから、私の知らないところで短時間でハマっていました。気がついたときはもう引き返せませんでした。この病気の怖さを少しは知っていた私は、何とかせねばと、一人専門医を訪ねたり電話相談をしたり……そんな時、三十年近く毎年訪ねてくれる夫の教え子たちが訪問してくれました。そら豆が実る五月です。二男が収穫したそら豆で、おいしいデザートを作ってみんなをもてなしてくれました。みんなは「美味しい。美味しい」と言ってくれました。

そのことが、私の悩みをオープンにすることにつながりました。夫が、喜んで食べてくれる教え子たちに「茹でそら豆で一杯飲むとたまらん」と話し出したからです。第三者を交えた場で、現状を伝えることができました。二男のおかげでした。

教え子の一人が、長男も呼んで学習会を開いてくれました。驚くほど量を減らせることができたときは、やっと食い止められた、もう大丈夫と思ってしまいました。でもそんなに甘くはありませんでした。半年も経たないうちに自分で買って飲み始めていました。前の量（一日の最

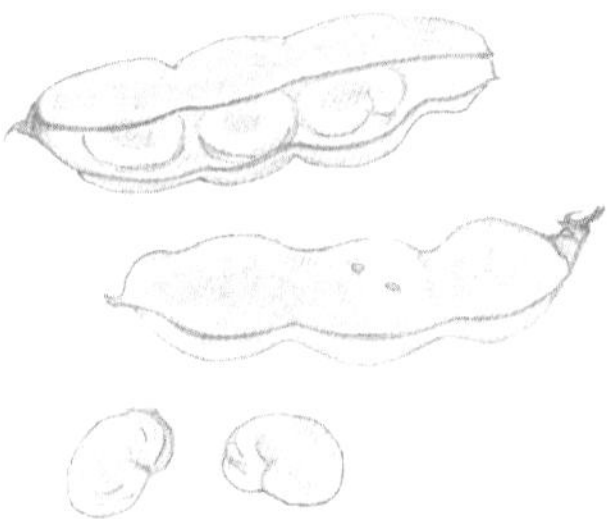

大限）に戻るのはアッという間で、常時飲むようになっていきました。この頃には私を『自分のしたいことを阻む敵』と見ていますから夫婦間の会話は成り立たず、それでも言っては争いになり、次第に私は黙って逃げる方法をとりました。幸い夫は二男に優しくて、二男も優しくて、私の代わりにお父さんの長い話を聞いてくれました。私は嫌なものから逃げていたのに、今度も病気の二男に助けてもらいました。父親と山仕事にも出かけてくれました。二男は父を信頼し大切に思っています。私も大切に（今は大喧嘩するから違うかも?）思ってくれましたから、混乱させてはいけないと思いました。だから父母のいさかいは見せまい、言うまいと心し、夫の飲酒に派生する私の悩みに蓋をしました。別に住む長男に対しても、生の声を届けたら傷つけると思いました。

依存症という病気なのだからと知りつつも、私から沸き立ってしまう嘆きや悲しみや怒りなどの感情をごまかすために、あるいは捕らわれてしまった感情から這い出るために、図書館の空気と本はなくてはならないもので、日報を書くという作業もよりどころの一つになってくれました。二男は、そんな私を畑へ連れ出して元気づけてくれたり、一人で作業を進めてくれたりしました。

斧の音止んでヨキの音聞こえます凍雨の中から聴こえます　（二〇一四年二月）

竹を切ってくれて、Ban Ban一杯に積んで
畑で寸法に切って、えんどうの手を作ってくれる。
（次の日の冷たい風の日の朝、竹をひもで止めてくれた。）

とても繊細な
レースの生地に
ちょっとフリルをよせて…
そんなシャガの花。
色もすてきです。
竹林で潤が手折って
きてくれました。

病みし子が
したためし書の如く
『潤いある雨』
今日降らせしか？
と自問する。

なかむら
夕陽日報
'13.4.12
（金）

もう、クワで耕せる、
良かった。
夏野菜畑の準備を
しかけたら、ミミズが
いっぱい。
"まぶしい"とあわてて
土の中へもぐるけど、
"頭隠して何とやら"
だね。

焦らない諦めないでこつこつと現在《いま》を生きる子　我も続かん　（二〇一六年二月）

なかむら 夕陽日報
'13 10.31（木）
PM ☀だから 外に出た。潤の一言で「やろう！」と思った。外に出たら、気持ち良かった。気持ち良かったから仕事した。午前と午後で こんなにも違う。一体何でなんだろう???
"なぜか"
昼食後、「外に出る時、僕に言って」潤の言葉に私は久々に畑へ出た。潤は大根の追肥をして、庭の草ひきを、私は畑の草ひきをした。
キャベツ畑をそろそろ準備しよう。
きのう種まきした青菜達の畑の準備をしよう。
ホウレン草の小苗が、台風の雨にたたかれたから、もう少し種をまいておこう。
不思議なことに外で動いていたら、明日のことが思い浮んだ。
"休む勇気 もたない元気"
なんてことは、まだ勇気が持てるから、まだ元気が出せるから、言えることなんだ。
本当に弱っていたら休もうという気力さえ起こらない……
ただその場にうずくまっているだけ……
今度は C-3畑の改良だ!!

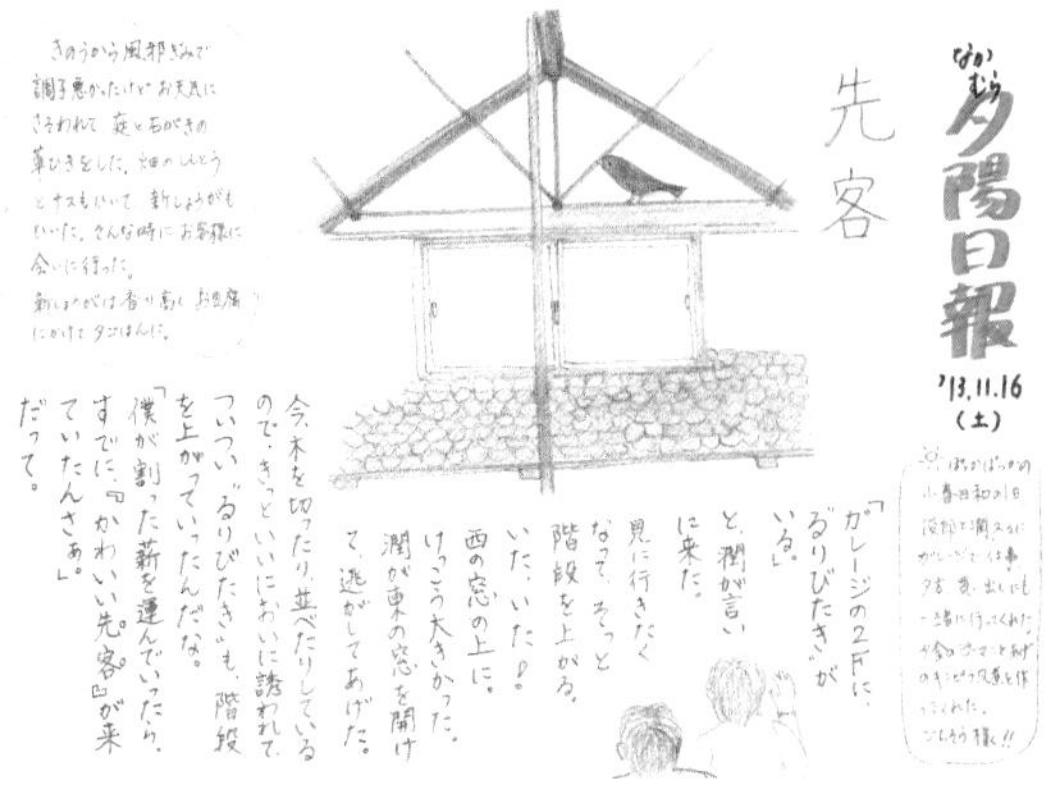
なかむら 夕陽日報
'13.11.16（土）

先客
「ガレージの2Fに"るりびたき"がいる」と、潤が言いに来た。

見に行きたくなって、そっと階段を上がる。

いた、いた！

西の窓の上に。

けっこう大きかった。

潤が東の窓を開けて、逃がしてあげた。

今、木を切ったり、並べたりしているので、きっといいにおいに誘われてついつい"るりびたき"も、階段を上がっていったんだな。

「僕が割った薪を運んでいったら、すでに『かわいい先客』が来ていたんさあ。」だって。

きのうから風邪ぎみで調子悪かったけどお天気にさそわれて 庭と石がきの草ひきをした。畑のしとうとナスもひいて 新しょうがもひいた。そんな時にお客様に会いに行った。

新しょうがは香り高くお豆腐にかけて夕ごはんに。

二男を真似《まね》、また『塞翁が馬』と言いながら、一方では不安定になる自分とのせめぎ合いです。

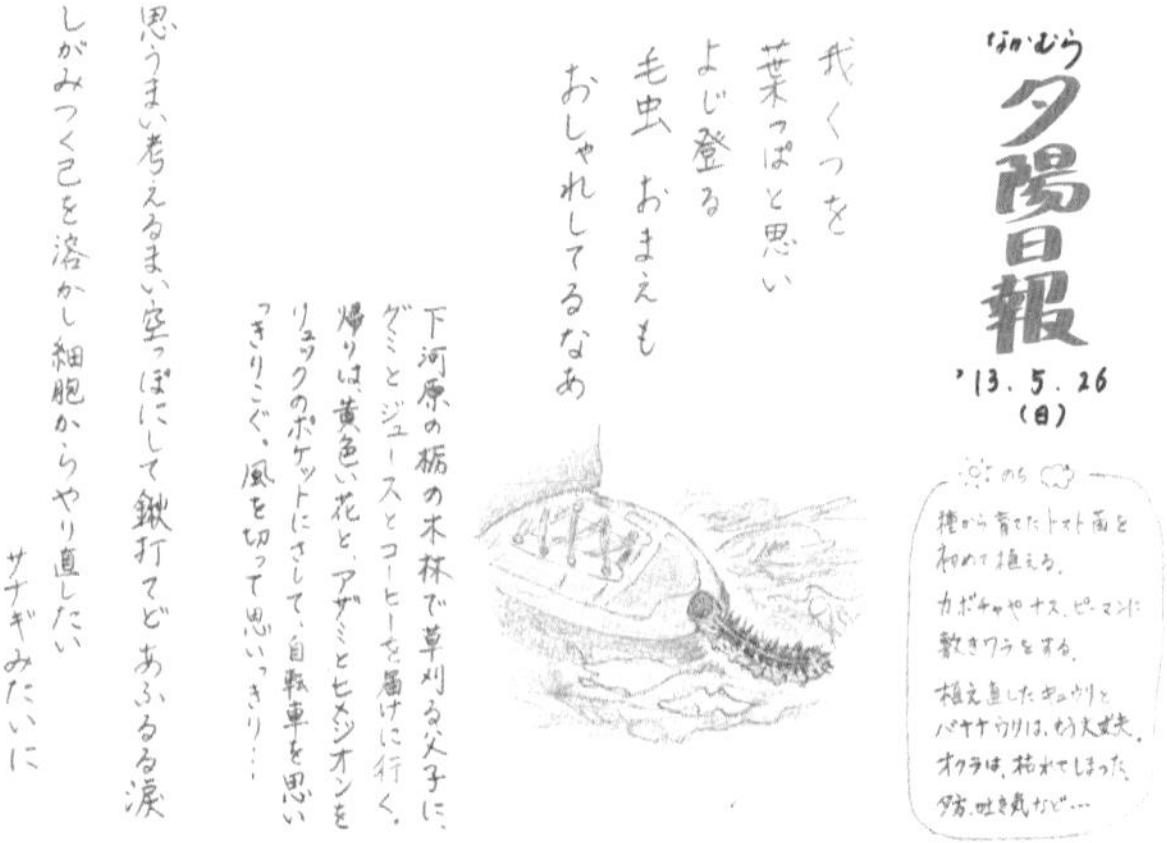
なかむら
夕陽日報
'13.5.26
(日)
のち
種から育てたトマト苗を初めて植える。
カボチャやナス、ピーマンに敷きワラをする。
植え直したキュウリとバナナウリは、もう大丈夫。
オクラは、枯れてしまった。
夕方、吐き気など…
我くつを
葉っぱと思い
よじ登る
毛虫 おまえも
おしゃれしてるなあ
下河原の栃の木林で草刈る父子に、グミとジュースとコーヒーを届けに行く。
帰りは、黄色い花と、アザミとヒメジオンをリュックのポケットにさして、自転車を思いっきりこぐ。風を切って思いっきり…
思うまい考えるまい空っぽにして鍬打てどあふるる涙
しがみつく己を溶かし細胞からやり直したい
サナギみたいに

波の様に良き日悪しき日打ち寄せて
　「塞翁が馬」だよと言い聞かす（二〇一三年二月）

気が付けば身の憐れにぞ溺れ居り
　飛行機雲が青空を切る（二〇一三年三月）

浮かぼうとあがきもがけば行き止まり
　そこが始まりこれ以下もなし（二〇一三年八月）

今日の日は何もできないしたくない
　ひたすら推理小説を読む（二〇一三年一二月）

我家《こちら》では戸惑い格闘の日々なのに
　時はゆっくり流れるのです（二〇一四年一〇月）

一面の冬破りたし思いっきり
　明るき花を買い求めたり（二〇一五年二月）

何もかも手遅れという恐怖
　如何せん我が立ち行くところ（二〇一五年四月）

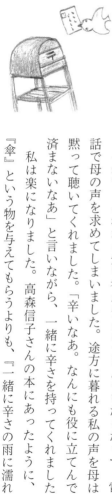

『傘をさしかけるより一緒に濡れて』

なすべなく泣くよりほかなき吾のままを受け止め濡れし九十の母　（二〇一五年五月）

黙々と働く二男の姿に私も奮い立ったり、季節の食材を使った二男特製のお菓子にほっとさせてもらったり、畑や花壇の仕事に時を忘れたり、長男家族と交流したり家族会へ参加したりして、一日一日をやり過ごしました。「あの人は、前はあんなことを思いあんなふうに考えた。私もいいと思った」と、過去の夫の感性やものの見方や考え方を思い出して、今の姿を打ち消そうとしました。

それでもこれから先を考えるとどうしようもなくなって、電話で母の声を求めてしまいました。途方に暮れる私の声を母は黙って聴いてくれました。「辛いなあ。なんにも役に立てんで済まないなあ」と言いながら、一緒に辛さを持ってくれました。

私は楽になりました。高森信子さんの本にあったように、『傘』という物を与えてもらうよりも、『一緒に辛さの雨に濡れてもらう』方が、どんなに温かいか。やり場もなくごまかしようもない私の心を、どんなに和らげて、立ち上がってみようという気持ちにさせてくれたことか。そんな繰り返しを、母は三年もしてくれました。

一方二男は、「一人で留守番するおばあちゃんの助けになろう」というきっかけから、二年目の秋には兄以外の家にも行けるようになりました。この事がらも、母が二男にくれた手紙の揺れた文字たちも、母のふるまいも、二男と私には安心できる居場所でした。またそのような配慮をしてくれた姉たち夫婦でした。

二男は母の誕生日や年末に、カードを添えた手作りの和菓子や超でかいカレンダー手帳（母の手でも書けるようにと探してくれたもの）を持って行きました。母はその手帳に、毎日千歩を目指して足踏みした数を記しました。つながりの糸が、兄家族から一歩広がりました。この糸も回復の大きな支えになりました。

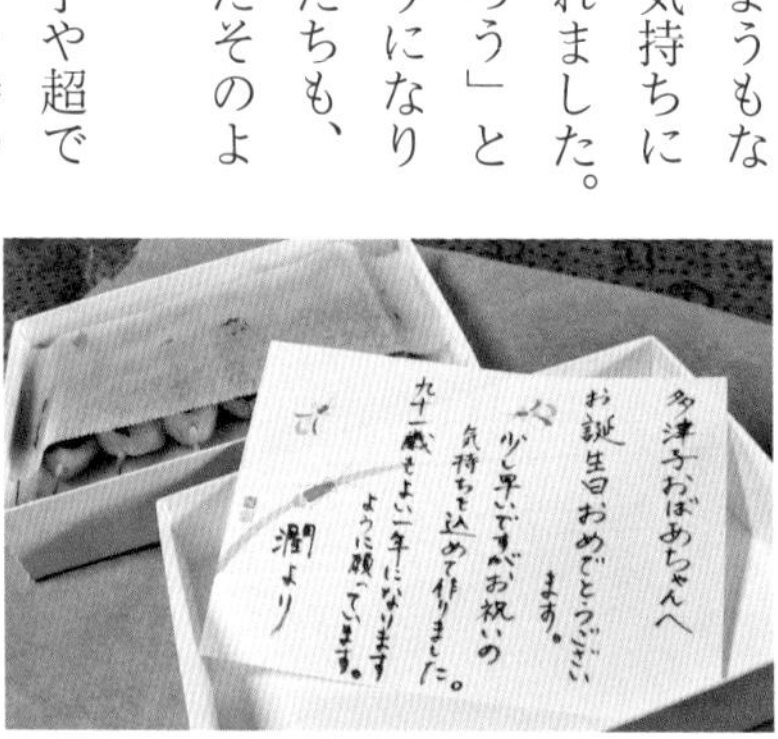

九十五歳になった母は、今は認知症が進んでいます。五分も経たないうちに忘れてしまいますが、会いに行くと、私たちのことは分かってくれます。「いいことも悪いこともみんな忘れてしもたわ」と言った後、今度は自分の頭を指さして「スッカラカンになってしもて……」と続けます。ニコニコして。

私は嬉しくなります。生きているだけでもうけもの。

夕方突然の
だから、與ヤンキから、二人で
木を運んで来れなかった。
いろりの納屋が片づき、
ガレージも種々に工夫して
片づけられている。
スキッと、いい感じ!!
夜 が光々と照らす。

伊賀から おみやげいっぱい乗せて

焼きたて色々ナッツ入りパン
かしわまんじゅう
バナナ
お赤飯
空色の新車で
お稲荷さん
伊賀肉
ホットケーキ
レンコン
長いも
ネギ苗
母と姉が訪ねてくれた。

なかむら
夕陽日報
'13.4.26
（金）

麻加江からは・・・

お昼を一緒にいただいて、
きのうの午後、潤が掘ってきた竹のこを袋につめて
畑でエンドウ採って。（私はカリフラワーとレタスを採って）
畑の様子や西の納屋のいろりを見てもらい、
ガレージの２階のストーブ用の焚きつけ（細い木）がいっぱい並んでいるのを見てもらい、
（俊郎は、火ばちや筆で書いた詩（？）を見てもらったり、聞いてもらったりして）
そんな私達３人の生活そのものを、肌で感じてもらうのを、母達の帰りのおみやげにしてもらおう!!! と思った。

well done おかえり

'14.6.5（木）

水まんじゅうが幸せを広げて

伊賀のおばあちゃん（母）は、6/9が誕生日。90才になる。
潤が何かを贈ろうと考えていた。
あれこれ考え、"水まんじゅうを作って、食べてもらおう"
ということにしたらしい。

それは、ケーキより年寄りには食べ易いだろうし、ひんやりつるんとして喜ぶだろうと思ったと言う。

きのうのジムの帰りに、回り道して食材を買った。それから夜に試作した。

今日は、朝から作って冷やしていた。試作で学んだことを生かしたので、うまくできた。


伊賀へ着いた。

おばあちゃんがリボンをほどき、メッセージを読んで開けた。トロンとした思いもかけぬ和菓子に喜んだ。

姉の声が、仏さんから聞こえた。

「おじいちゃん、眞知子と潤が来てくれたで。潤がこれを作ってきてくれたんやで」

私は、水まんじゅうが次から次へと幸せを広げてくれるように思った。


俊郎が用意してくれた物（湯がいた竹の子、ワラビ、朝から雨の中とってくれた山百合）、潤が用意してくれた物（お誕生プレゼント、エンドウのパリパリ漬、新ジャガ）。

私が用意した物（トウモロコシ苗と、初ものキュウリ）。

おばあちゃん達は、水まんじゅうを食べながら、潤の話を聞いてくれた。潤がしている活動を見て知っているので尋ねてくれた。

「三人が、それぞれの思いを込めて用意してくれたのを、いただいたなあ・・・」

と、姉が言った。おばあちゃん！いい一日やった？（私らは、いい一日やったよ。）

姉が言います。「おばあちゃんの生き方って『気は長く　心は丸く　腹立てず　口慎めば命長かれ』なんやなあ」と。……腹の立つことをしてきた娘の私としては、ごめんなさい。同行の夫は母のようにニコニコして、義母の手を取っていました。

長男の大きな支え

別に住む長男は、絶えず私の羅針盤になってくれました。弟の病気とその対応について、父の病気とその対応について、複数の考えや対処を提示しながら、弟や父と同居している母であり妻である私が、ものの見方や考え方を選べるようにしてくれたのです。対処法はそこから生まれてきますから。

弟への対応は、病院選びの下見に始まり、病院への同室（当初は父母と兄が診察を共有）、服薬のこと、病状に対する家族の構え、今はどんな力が必要でどんな見通しを持って育んでいくかなどを、現状を踏まえて丁寧に教えてくれました。「僕は一緒に住んでいないから言えるんさぁ」と笑いながら。そう言いながらこっそりと精神保健福祉士の資格をとってくれていました。

父との対応は、その前に夫婦という問題があるので一歩引いていました。私も長男に介入してもらうのは、今までの良い親子関係まで壊してしまうし、これ以上の世話はかけられないと思いました。けれどももうぎりぎりになって、長男に電話口で吐いてしまいました。『私のためにも入院して』と喉まで出てるけど、この言葉を夫婦として突き詰めたら私のエゴや。そうやからお父さんには通じないと思う。昔も今もずうっと心に置いている子からの言葉やったら……」と。

仕事を終えて来てくれた長男は、父親が聞ける状態になるまで待って、『あなたの子』としての思いや願いを伝えてくれました。夫は二人の子をいつも大切に思っていましたから、耳を傾けました。夫は覚えてないと言いますが、そのことが大きく入院につながったと私は思っています。長男は、『平常は（側にいるのは母だから）母を援助する位置で、いざというときには子の立場で言葉を届ける』というわきまえを持っていたのだと気づきました。

長男夫婦は、中一になったばかりの下の子（上の子は家を離れたので）を連れて、夫の病院まで見舞に来てくれました。私はびっくりしたのですが、大事なことは子どもたちと共有するという、二男のときと同じスタンスでした。長男の妻も同じ考えでした。だから二男の帰郷直後から、こちらの状況や気持ちを確かめたうえで、今まで通りの自然な形—四人揃って我が家を訪ねてくれたのです。また、四人揃って私たちを温かく招き入れてくれました。

夫は入院直後、長男と共に訪ねた私に「何もかも調べられて、こんなところへ入っていられるか。すぐに出せ！」と怒鳴りました。私が初めて発した「あなたの行く所はここ以外どこにもない!! 治すまでは帰ってもらいたくない!!」の強い語調に、夫は黙ってしまいました。長男も初めて見た母の姿だったでしょう。

夫は一番苦しい時を乗り越えてくれました。杉と檜の区別もつかない状態までなってしまったことを思い出し、病院内の広い庭の草木や花々を写真に撮り名前を調べ始めました。次は院外へと体を動かしました。調べた数は一九八種類。看護師さんや患者さんたちと仲良くなっていきました。内観（治療の最終段階）を終えて退院も間近な頃、散歩をしながら交わした言葉は忘れてしまいましたが、その情景は焼き付いています。元のあの人が帰ってきました。

けれども喜びは束の間、希死念慮に捕らわれるようになった夫は、別の病名が付き再入院になってしまいました。断酒会三重大会での発表日が迫っています。まだ面会も電話も出来なかった私は、夫の気質や思い（既に準備はしました。頼まれた責任は果たしたい。それができないのならば一刻も早く運営者に知らせ迷惑をかけない）を考えると、きちんと主治医から可否を聞いて、運営者に連絡したいと考えました。代役が可能か、代読でもいいのか、分かれば夫の気がかりも少なくなるでしょう。看護師さんに何度も主治医への連絡を頼みましたが、何度待っても返答はありませんでした。

そのうちに、薬が増え副作用も手伝い、読み書きや歩くことさえおぼつかなくなっていきました。長年ともに暮らしてきた私は、「離脱の反動が夫の気質と相まって強く表れたということはないのですか？　離脱症状の一つではありませんか？」と、主治医からの経過説明時に勇気を出して尋ねてみました。専門家の診断・現治療に間違いないとの返答でした。

患者や家族の声に耳を傾けない精神科医に疑問を持ち始めました。体がおぼつかないのに、期限がきたかのように退院を告げられました。これからの自宅生活の危うさを思うと、主治医が言う治療効果や見通しと、この現状とのギャップに納得がいきませんでした。私は長男の的確な助言を得て、ポケットにボイスレコーダーを忍ばせて、三度目の主治医との面談に臨みました。折れずに最後まで向き合えたのは、ポケットで握りしめた長男の分身、ボイスレコーダーのおかげでした。結論は、主治医を変えるという判断です。

子どものカってやわらかい

長男家族、特に子どもたちとの関わりは、二男の初期のゆっくりした（年単位、あるいはそれ以上かかる）回復に、やわらかい光を当ててくれました。当時は中学二年生と小学二年生の甥っ子たちでした。

自家菜園でとれた野菜や山の幸を届ける場で、手作りのお菓子やカードを手渡す場で、我が家の収穫祭の場で、山登りの場で、甥っ子の運動会や発表会の場で、互いの誕生日を祝う場で……さまざまな場が、誘い誘われるという嬉しい気持ちを育ててくれたように思いました。

長男夫婦のさりげない子どもたちへの助言によって、いっそうゆるくて温かい場（判断も否定もない居場所）が生まれていきました。このような交歓の場を経たからこそ、二男の回復の兆しが生み出されたのだと思います。

二男は、甥っ子たちの真っ直ぐなリアクションが嬉しかったのに違いありません。迎えるにあたって、どんなことをしたら喜ぶだろうか？　どんなメニューにしようか？　などと工夫していきました。私も孫の反応を想像すると面白くなって、一緒に作りました。『夕陽日報』を綴ることが日課になり、これら孫たちと二男のシーンを思い起こしながらスケッチブックに向かう夜は、ひとりでに笑えてくる幸せな時でした。やっと顎が出るぐらいの調理台で、二男と並び『鬼まんじゅう』を作っていた小さな甥っ子が、やがて中学生になり、彼のドラムと、少しずつ回復して再び音楽を取り戻した二男のピアノとが皆さんの前でコラボするなんて、それを私たちが見聞きできるなんて、夢にも思いませんでした。

二男はまず父母と兄を受け入れてくれました。次に心を開いたのは、兄夫婦の子どもたちです。彼らのやわらかな横糸を織り込んで、二男は自分という布（自分とは他者との関係で見つけられるものだと実感）を少しずつ織りはじめました。自分の家以外にも、小さいけれど安心して長く居られる社会ができはじめました。

遊ぶ…遊ぶ
遊ぶ……遊ぶ……遊ぶ
オセロ、トランプ、百人一首、
俳句カルタ、将棋、
将棋に負けてヘコんでしまったが、
潤が外へさそい出して、ボール投げ……
すっかり、気持ちは上向きに。
読むよ
今度こそ！…

なかむら
夕陽日報

'13. 8. 7 (水)

いっぱいつめて

☼・めちゃ熱の
1日。これから
2Wも続くと
TVで言ってた。

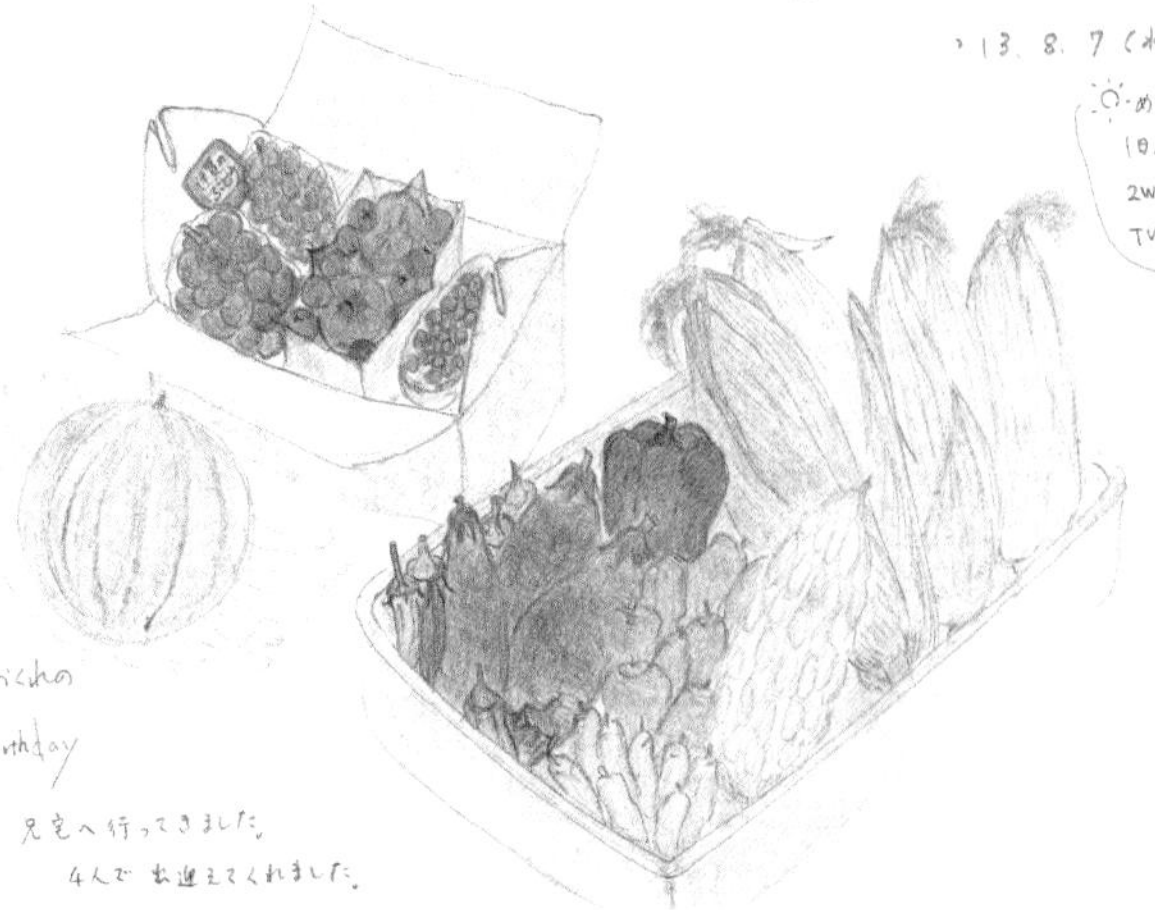

2日おくれと、1日おくれの
Happy Birthday

夕方、兄宅へ行ってきました。

4人で出迎えてくれました。

なかむら
夕陽日報

'13. 9. 21 (土)

お誘い

絵本に
出てくるような
青い空と
ホッカリした雲の下、
一路、三瀬谷小学校へ。

竜樹ファミリーに運動会の
お誘いを受け、走る。走る。
保冷バックに、我家でとれた
イチジクとカキとマクワウリと、
ゆで栗(早朝から、俊郎いっぱいむく)と、
炭酸水につけたブドウやミカンを入れて。

[redacted]の"よさこい"踊りや"台風の目""つなひき"や"リレー"を見る。

昼は9人で、佐原が作ってくれたお弁当をいただいた。

おにぎりもおかずもいっぱい作ってくれてあった。どれもおいしかった。

天日干し状態は、私達だけだったけど、これも心地良かった。


11時～3時まで。ずーっとすごした。


夜、兄ちゃんにお礼の電話をかけたという。

誘ってくれて、ありがとう。

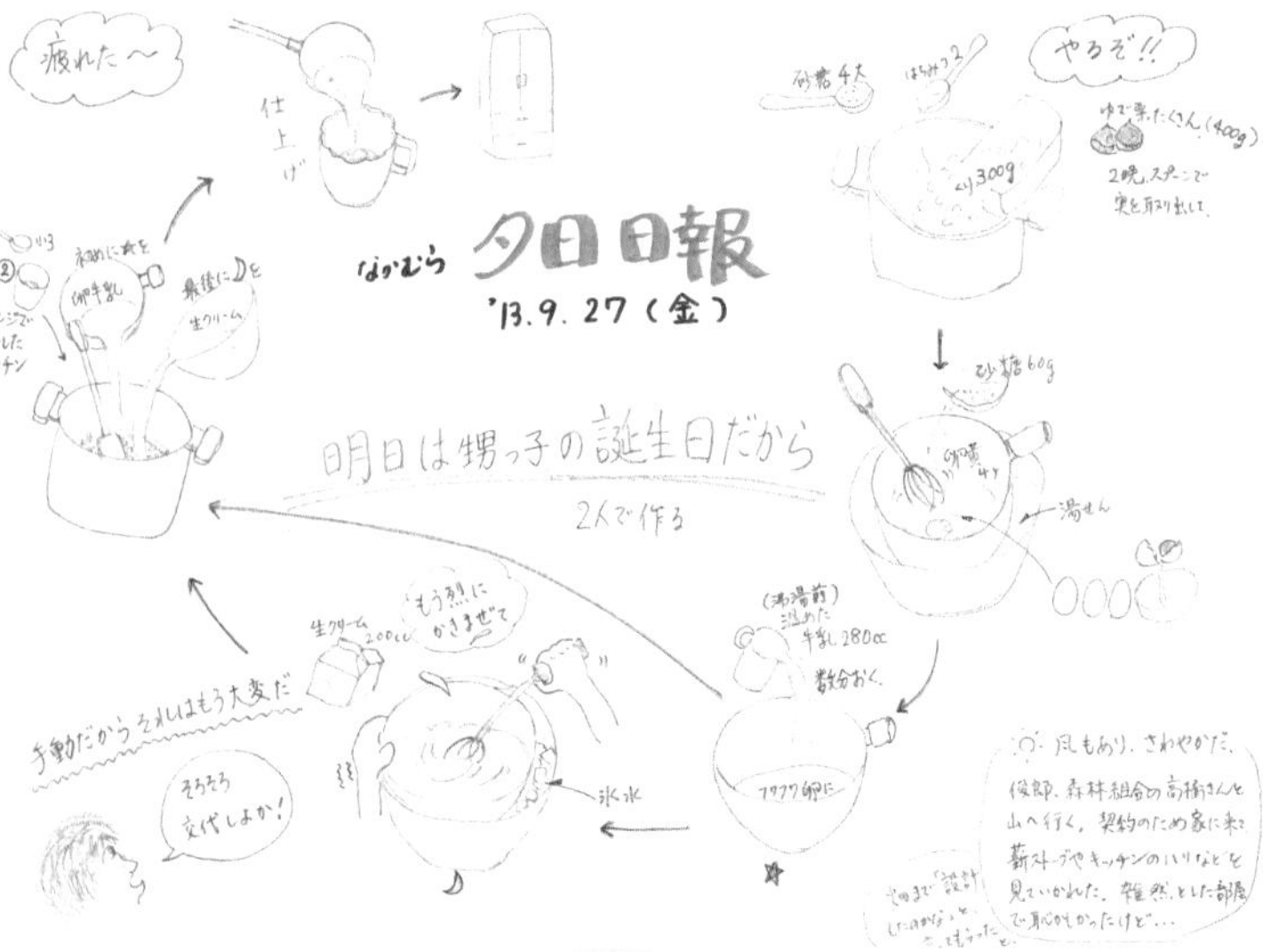

なかむら 夕陽日報
'13.9.28(土)

誕生日のお祝いに
3人で訪ねた。
もちろん、8ケ入りの
マロンババロアを持って。
朝からぴったり入る
お手製の箱を潤が
作った。出がけに
カードも書いた。
生栗と柿と、朝どり
の野菜も持って。
リボンをほどいて
箱を開けた[redacted]が、
「プリン?」と尋ねた。「マロンババロア」と答えた。
栗と生クリームがとけ合って、プリン色してる。
それから、兄ちゃんには生の栗を渡した。
ちょっと笑ってこう言って…
これでマロンババロア作って!
兄ちゃんが、すかさずこう答えた。
皆が笑った。ツッコミと、それをいなす
二人の楽しい会話に。

午前中は、兄ちゃん宅へ。
お昼は、ちらしずしを食べて、3時のティータイムに、家用の栗ババロアを食べた。たっぷりの栗で、ぜいたくな味だ。夕食は、西の畑や果樹の恵をいっぱい!

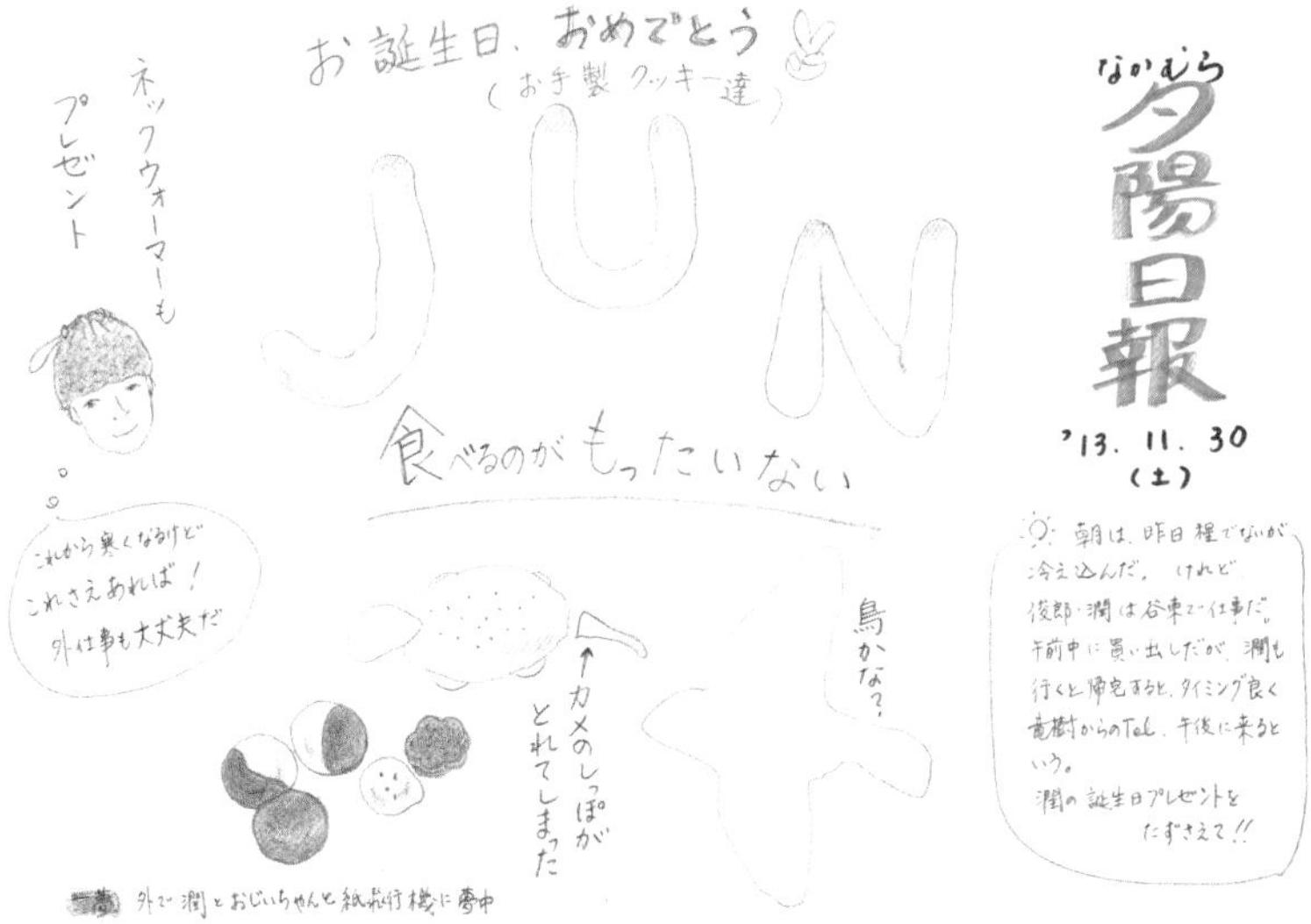
お誕生日、おめでとう
（お手製クッキー達）
JUN
なかむら
夕陽日報
'13. 11. 30
（土）
朝は、昨日程でないが冷え込んだ。けれど俊郎・潤は谷東で仕事だ。午前中に買い出しだが、潤も行くと帰宅すると、タイミング良く竜樹からのTel、午後に来るという。
潤の誕生日プレゼントをたずさえて!!
ネックウォーマーもプレゼント
これから寒くなるけど
これさえあれば！
外仕事も大丈夫だ
食べるのがもったいない
↑カメのしっぽがとれてしまった
鳥かな？
外で潤とおじいちゃんと紙飛行機に夢中

なかむら
夕陽日報
ウワッーできた!!
'14. 1. 3
（金）
竜樹Familyが来た。
こげ茶の新車で来た。
暖かい日で良かった。
玄関の松かざりが出むかえた。
おせちの写真におどろいた。
私達は、俊郎がおさしみなど買って、潤がトイレや洗面所をそうじして
私は部屋などそうじして、オードブル皿におせちを盛りつけて、待っていた。
演奏する兄ちゃん
かぶりつきの弟、心は、一緒に、演奏中？
＜鬼まんじゅう作り＞

なかむら
夕陽日報
'13.11.3
（日）
いもほり大会
超デカばっか！
ぼくが掘ったんやデ
スゴイスゴイ
お昼は、庭でサンドウィッチのお弁当
外での会食もいいね。
Q.
400g以上のおいもが
何ことれるかな？
佐原チーム 43 こ
麻加江チーム 41 こ
大きなおいもは、全部で33こ、だ。
負けたけど楽しかったな。
潤が考えたゲームのボード
☁→夕方から☂
なんといっても、お天気をほめてあげなくちゃ!!
今年は、姿良し、おいしそうなおいもが、たくさん取れた。
[redacted]は、招待状を持ってやって来てくれた。
嬉しかったな。
いい収穫祭だった。
雨がまだ来ないので、竜樹ファミリーが帰ってから私はキャベツ畑に苗を植えた。
潤はおいも畑の後片づけをしてくれた。

〈この日のために〉

夕陽日報《なかむら》
'13.10.17（木）
リース作り（いもほり大会用）
廃品からでも～～結構いいのが
東の倉庫には、けっこう工作部品がある。
きれいな不織布、リースの輪っか。
クリスマス・お正月・おひな様グッズ、
空箱、リボン、ひも etc.
潤は、家で採れた野菜や果物、手作りのお菓子などを、よく手製の容器に入れてプレゼント！
来たる20日のいもほり大会の優勝者に贈る品も、手作りで!!
つる用の布
葉っぱのパーツ 11枚
おいも
リボン
つめもの

お正月に
来てください！

メリークリスマス

縦の糸、横の糸

1 医療の中で

三重の病院とつながれるようになってから、私たちはさまざまな人と出会うことになります。

主治医は、当時の病院長H先生でした。H先生は、先駆的な精神科のチーム医療を推し進めておられるドクターで、他県からもたくさんの人が見学に来ていました。二男の調子がいいときは、丁寧に向き合って、多くの時間をかけて尋ねていきます。二男がぽつんと発した単語からさらに適切な質問をされて、もつれている糸を解くように二男に返します。二男は改めて考えて答えます。聞いてくれる人だな、いい加減な返事はできないなと二男は思ったでしょう。調子の悪いときは、今日は辞めましょう、と私たちを帰します。後になって二男は、緊張したと言っていました。慎重でありながら大胆に見極め、当事者に添いながら厳しくもあるドクターだったと思います。過去形で書いたのは、H先生はご自身の病気を押して診てくださり、お亡くなりになる直前までの二年近くお世話になりました。私たち家族に治療への道筋を示して下さった院長先生に、お礼の言葉も伝えることができませんでした。

二週間に一度の診察日は、長男も参加を希望してくれて親子四人で受けていましたので、診察室にはケースワーカーの足立さんも含めて六名が治療の共有をすることになりました。私は何も知らなかったので驚きました。けれども毎日のように起こる不安定な病症を受け止めきれない私の不安や問いに対して、足立さんが辛抱強く受け止めてくれました。単に医者と患者をつなぐだけでなく、チーム医療の要になって私たち家族に希望を持たせてくれました。

プロの目で、何もかもおぼつかなく対人関係が結べなくなった二男でもやれそうな場や役割を考えてくれました。それは『フレンズ』という自主学習の場で、学校へ行けない女子高生（洗われるような目をしていました）の英語の勉強をみるという内容です。二男は役に立てるのが嬉しいのか、素敵な女の子（?）に会えるからか、家から津までの片道を、自転車で一時間、JRで四十五分、駅から登り坂を歩いて一時間の距離を一人で行くようになります。山あり谷ありの田舎道を漕いで体力がついてきました。自転車と徒歩のスピードは、変わりゆく自然や生活の匂いや佇まいなどと対話することができました。週に一回のこの活動は、次第に二男の楽しみや励みになっていきました。二年間続けられた経験は彼の大きな財産です。

今日の日を終えて揺られて無人駅「お帰り」と言おう月と一緒に（二〇一三年八月）
道端の夾竹桃の花は赤　君受け止めしほのかな愛を（二〇一四年七月）

足立さんはこれより前に、遠い田舎の我が家まで訪問看護に来てくれました。二男は、今自分がしていることを見てもらおうと、足立さんを作業場へ案内しました。山から切り出した雑木やヒノキを、薪ストーブの薪や焚き付け用材に割ったり乾かしたりする大きなガレージです。

夫が退職後にしたかったことを、二男も一緒に始めました。二男は斧で割った薪を積み重ね、二年後の冬（乾く期間）を待ちます。焚き付けには、火が付きやすく燃え尽きにくいヒノキを、細かく手ナタで割ります。二男は夫のすることをまねるだけではなく、丁寧に薪を積み、焚き付け用材を割り、出来上がった幾十もの箱をきちんと並べていきました。仕事効率としてみると全くダメかもしれませんが、そこに優しくてコツコツと積み重ねる二男の心持を見ました。

足立さんが、ストーンガーデンと名付けた我が家の庭にあるストーンサークル（夫の発案で、孫たちがバーベキューを楽しめるように、石を運んで手作りしたもの）を見て、「院長に話したら、きっと羨ましがるだろうなあ」と言ってくれました。

作業療法士の藤井さんと出会ったのは、月一回開催する家族会と並行して行われる当事者会『スマイル』と、先に書いた若者向けのデイサービス『フレンズ』でした。H院長が他に先駆けて若者対象早期治療を始められた一環としての事業だったと思います。社会との距離に戸惑う二男たちを、作業を通して近づけようと考えてくれたのです。一人は仲間のために、仲間は一人のためにというような温かい交流場面を作ることによって。

病院で開かれるお祭りに、メンバーも参加することになりました。一年目は、新美南吉の『手袋を買いに』という童話を紙芝居にしたものでした。みんなで書いた優しい色合いの作品が体育館に並んでいましたが、私は『それを持って子どもたちに読み聞かせに行く』というその後の行動に、もっと心打たれました。二年目は、みんなで歌を歌うことになりました。二男に曲紹介と伴奏を頼むと聞いたとき、二男は人前で話せませんでしたし音楽というものを捨ててから全く接していませんでしたので、迷惑をかけないかと私は藤井さんに相談しました。

「配慮します。でも潤君は大丈夫だと思っています。僕は当日の出来栄えよりも当日までの過程を大事にしているので、リーダーの役目とかトラウマの音楽に向き合うことで、潤君が一つ乗り越えられることが大切だと思っています。そんな支援をしますのでいいでしょうか？」

電話の向こうで、藤井さんは明るく答えてくれました。

馬よ！背よ！　時空を超えて朗らかに揺れてステップ踊れギャロップ

（初めての乗馬体験）

2014年10月 October

日・Sunday	月・Monday	火・Tuesday	水・Wednesday	木・Thursday	金・Friday	土・Saturday
		9/30 サポステ、[illegible]面談 診察 フレンズ	1	2 サポステ 体験	3 ジム	4
5 兄家族との食事会	6 サポステ（[illegible]）	7 フレンズ ＜学習会(2)＞	8	9 サポステ	10	11 スマイル ＜カタツムリ＞
12	13 体育の日 ジム	14 フレンズ リハパス、就労について。	15	16 サポステ	17	18
19 [illegible] 彰太郎ライブ [illegible] 13:30	20 ジム	21 フレンズ	22 ジム	23 サポステ	24 サポステ 履歴書の書き方 [illegible] ＜スタートライン＞	25 [illegible] 8:30発
26 百合ちゃん発表会 [illegible]図書館 出合い [illegible]	27 サポステ 〃 面談 ＜学習会(3)＞	28 フレンズ 診察	29	30 サポステ	31	

スマイルで作ったカレンダーを私にくれた。3人の予定を書いた。3年半前に「予定が何もなくなった」と言った空白のカレンダーに、予定が入った。潤が描いた馬は駆ける！！

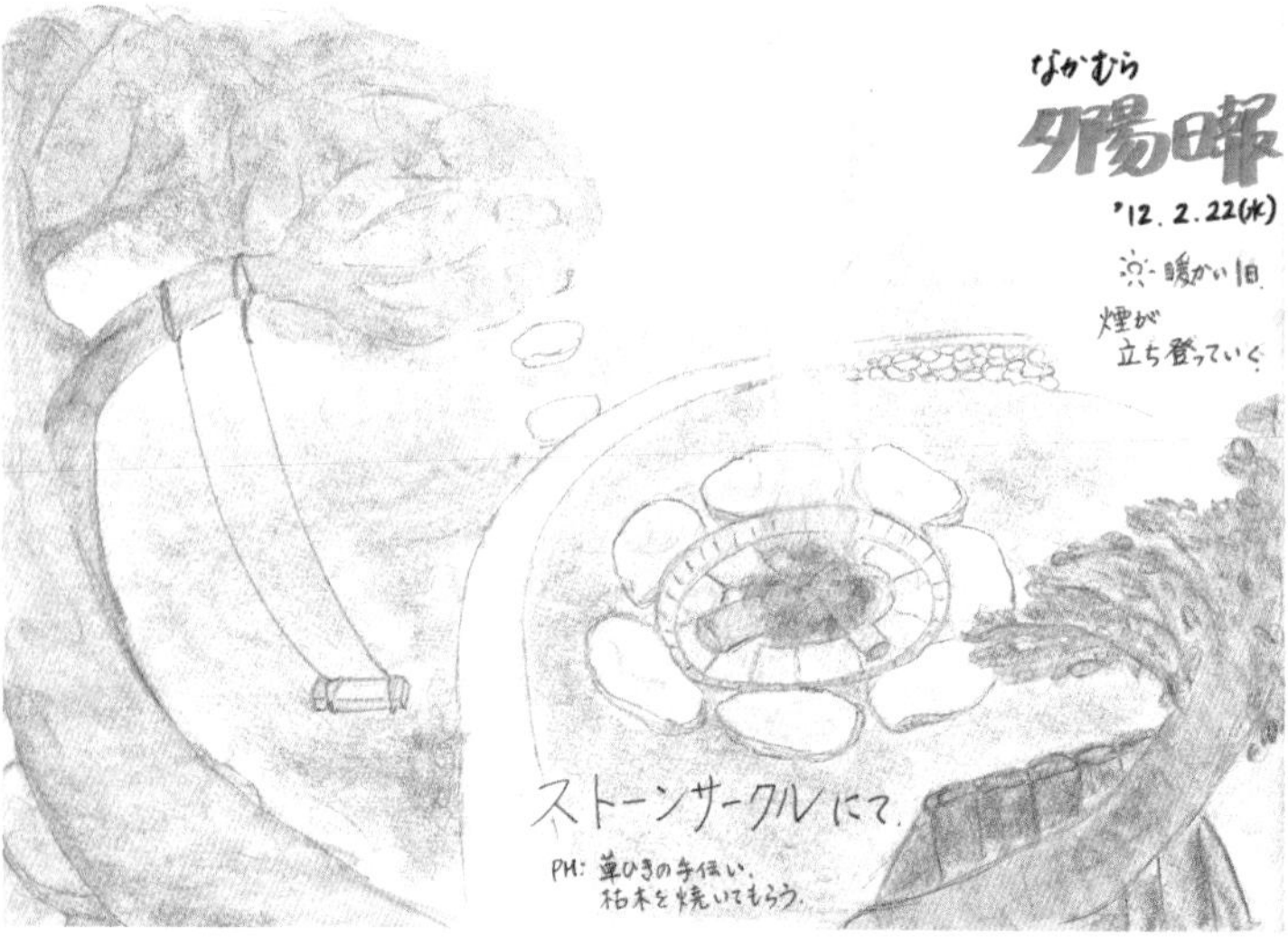

なかむら
夕陽日報
'12. 2. 22(水)
暖かい日
煙が
立ち登っていく
ストーンサークルにて.
PM: 草ひきの手伝い.
枯木を焼いてもらう.

なかむら
夕陽日報
'12. 12. 9(日)

ヨイトショ
よいしょ
ペタン
そーれ!

≪こんなふうだったのかなあ〜??≫

みんながいる
なかまが かけ声を くれる
間が あわす
なかまも あわす
声援と力強いきねの音が
ひとつに合わさって
おもちがつける
みんなの力で おもちができた
なかまといただく
(父も 母も、初めて出会った人達と、つきたてをいただく。)

足立さんのお誘いで
もちつき大会と、
家族ミーティングに
初めて参加しました。

さむ〜い
朝起きると雪、うっすらと化粧。
寒かったけど、タイル通路とトイレ、洗面所の
ふきそうじ、きょうのキッチンにつづき
気持ちいい!! 西の水道のバケツに初氷

2　家族会の中で

当初私は、『早期発見や早期治療が出来なくて自分を責めて…』など心地よい言葉の鎧を着て、本当の自分を見ようとしていませんでした。心の底の方では人のせいにし、周りとの違いに閉じこもり、意味のない繰り言に長く捕らわれていました。事実は、息子から私へと多くのSOSがあったのに、夫が言った「あいつはへこたれない」の言葉を信じたかったのです。母親のカンみたいな危機感を持ったのに、自分が病院へ連れて行かなかったのです。

『へこたれない』とは、言い換えれば『弱音を吐かない』ことでした。『弱音が吐けない』という意味も含みます。「あいつはへこたれない」の裏側に、「あいつは弱音を吐けない。自分から助けてと言えない」そんな二男がいたのです。

私のせいだったのだと、家族会への参加が重なるにつれて気づいていきました。でもストンと腑に落ちたのは、音楽を捨てた二男が四年目の夏に初めて作った歌詞の言葉からです。そのことは次のところで書きます。

家族会に参加していると、そんな私の泥沼が少しずつ澄んでいきました。澄んでくると本当の部分と泥の部分が少しずつ分かれて見えてきます。本来持っている自分が是とする部分にも気が付きます。笑顔で他者を気遣いながら話される皆さんには、多くの難題を抱えながら、何か大きなものに委ねて歩く明るさがありました。「大きなものってあるのだろうか？」何かは分からないけれど、それに心を預けようと思い始めました。

家族会で年二回持たれるＳＳＴ（社会生活技能訓練）という講座は、実践的です。相手と良い関係が結べるように、相手が動き易いように、自分の言動を見直します。目的に近づくために、今できそうな小さな目標を置きます。『やって見せ、言って聞かせてさせてみて、褒めてやらねば人は動かぬ』と、相手の思いを大事にしながら自分も伴走するのです。

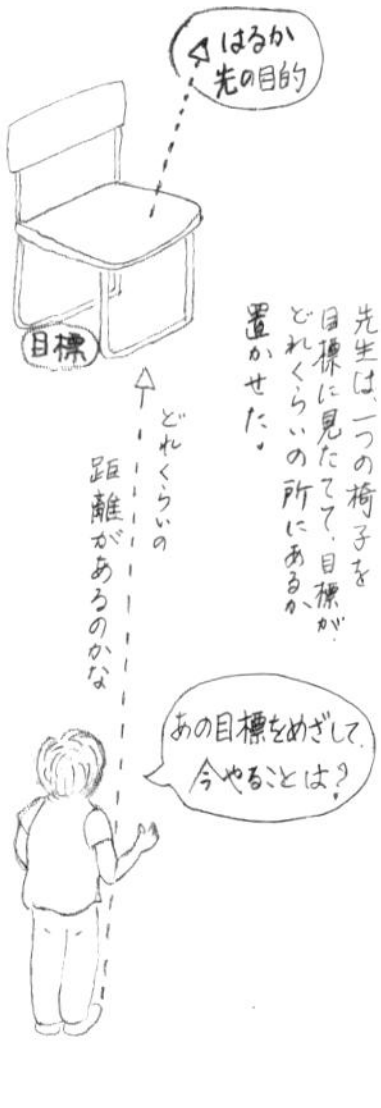
はるか先の目的
目標
先生は、一つの椅子を目標に見たてて、目標がどれくらいの所にあるか置かせた。
どれくらいの距離があるのかな
あの目標をめざして、今やることは？

講師として来てくださる同朋大学の吉田みゆき先生は、「側にいる人がホッとするような人になりたい」と言われましたが、まさにそのような方です。以前、緊張しながら大学での講座に初参加した時も、ゆっくりと話しかけながら課題を見えやすくしてくれました。相手の言うことを否定せずにまず認めてから、先の金言のように場を具体化していざなってくれます。いいところを褒めてくださるので、私もやってみようと心が動きます。

家族会も温かい雰囲気です。誰かの問題を自分ならば、と知恵を出し合いますが判断は個人です。介護者である家族も、患者と同様に理解されて次の一歩が出ます。そんなピアサポートの場で私も救われ、病気について当事者側から見る目を知りました。このような会を創設してくださった方々に感謝します。

なかむら
夕陽日報

'13.1.13
（日）

俊郎、五木寛之の文章から三人の僧の違いを表す
次の句を教えてくれた。

二文字、一文字違えば、こんなにも違うんだ。

泥中に ありて花咲く蓮華かな　源信
泥中に あれど花咲く蓮華かな　法然
泥中に あれば花咲く蓮華かな　親鸞

水面《みなも》の底に

三つめはすごい!!
蓮華は、泥の中にあるので（居るからこそ）
あんなきれいな花が咲く。
泥の中だからこそ、本当の良さや美しさ、幸せが
生まれる。泥は、大切なものを育てていく栄養で、
時間をかけて育てていく――ということだろうか？
泣いていたら、笑いも添えて、
悲しみや辛さに打ちひしがれたら それも、
食べてしまおう。

今日は、俊郎と眞知子は"家族ミーティング"へ、
潤は"スマイル"の会へ参加。
大きなものに身をゆだねてみようかな。

なかむら
夕陽日報

'13.5.12
（日）

満月は、片側で光る星達の存在を奪ってしまうけれど、
己れをぎりぎりにして輝いている欠けたる月は、星々をも輝かせていた。
～時と場を違えて、3人共に今夜の月を見ていた。～

一日月《ひとひづき》とでも呼ぼうか？　藍の空
余分なものは　皆捨てなさい

早くも夏日
センターの家族ミーティングとスマイルに3人で参加。
スマイルの皆はサツマイもを植えた。
いいね、秋が楽しみ

3　音楽療法士との出会い…そして新しい歌が

病院のデイケアを続けながら、二〇一四年に、二男は伊勢のサポートステーションに行こうと言い出しました。伊勢は初めてです。担当の山路さんはこちらの状態を把握して丁寧に接してくれました。帰郷当初にかつての思い出の地を訪れた際、二男はフリーズしたかのようになってしまったのですが、その場所での就労体験が入ってしまいました。気持ちの揺れを予想して事情を話したところ、作業療法士の藤井さんと同じように、危ないからやめるのではなくクリアできるような助力をしてくれました。二男はサポステ終了後も山路さんに相談しました。ジョブコーチの西川さんは、自身もバンドを組んで様々な人たちと幅広く音楽交流をしています。西川さんが二男を障がいを持つ人たちの音楽祭に誘ってくれました。音楽を聞きに行くのも大勢の中へ出るのも初めてのこと、私は、伊勢の高校へ通う甥っ子を誘って、二男の安心を増やしました。障がいを持つ彼らの音楽は、奔放で自由です。「どうだったのかなあ…」と隣に座る二男を伺うと、アンケート用紙には「まるでジャングルに迷い込んだようでワクワクしました」と書いてあります。縦横無尽でありながら共鳴し合う音たちを、こう表現しました。

その時の指導者で中心的な運営者である音楽療法士、吉田さんとやがてつながっていきます。『ライブスペース勢の！』という、健常者も障がい者も、老いも若きも、上手下手も関係なく一堂に集まって音を楽しむ会を見に行くようになりました。西川さんや吉田さんが二男に声をかけてくれたのでしょう。二男は、椅子並べを手伝い発表を見聞きしていきました。

次の年（二〇一五年）の夏でした。二男が呼びます。二階へ上がっていくと知らない曲がプレーヤーから流れてきました。少し弱々しいけれど息子の柔らかい声です。ちょっと笑って「できたんや」と言いました。私はすぐには飲み込めませんでした。

『自然と行進』という歌だと教えてくれました。静かに明るく流れる木琴の音色に、社の森で風景に溶け込んでいた息子の姿がまず重なりました。歌が始まると、下河原の栃林で、竹の子林で、奥屋敷の柿畑で、ガレージや西の納屋で……作業したり休んだりする姿が次々と浮かんできました。新しい息吹のような歌でした。

「♪……弱音を吐かぬ弱い自分が　確かな一歩を……♪」　こんな歌詞が耳に入ったとき、ハッとしました。二男は自分自身を分かっていたのだと思いました。だから『へこたれない子』だったのかと、今まで気づけなかった息子の『悲しい強さ』に、私は胸打たれました。人はやせ我慢と言うけれど……。

しばらくして、二男は高校時代の友人を誘い練習して『ライブスペース勢の！』に出ていきました。やっと踏ん切りがついたのでしょうか、十一月、四年目にして自分のキーボードを買う決心をしました。山で出会った朋友のムササビ、獲れたサツマイモをネズミから守る攻防、冬を超えて春を待つ花たち……二男の生活から歌が生まれていきました。

ユーモア一杯の吉田さんは、適切な距離感で接してくれます。もう一人のお父さんのように

二男を見守り、相談に応じ、一緒に活動をしてくれています。判断が出来ずあれこれ迷う言動も突拍子もない言動も、承知の如く個性として受け止めてくれたり流してくれたりします。

夫が翌二〇一六年から、先に書いたように入院に入りますが、その年に再入院し、次の二〇一七年には癌の手術、翌年に再発という厳しい状況を一つずつ超えてこられたのも、吉田さんに導かれながら二男が再出発─いいえ新たに出発していく音楽活動を、夫自身も見に行きたいという願いがあったからだと思うのです。

繭を破った二男は、病前に戻るのではなく別の蝶になっていくようです。だからこそ必要なのは夫や吉田さんのような自由な愛だと思うのですが、どうも私の方は、縛る愛？（こうなったら愛とは言いませんね）のようです。

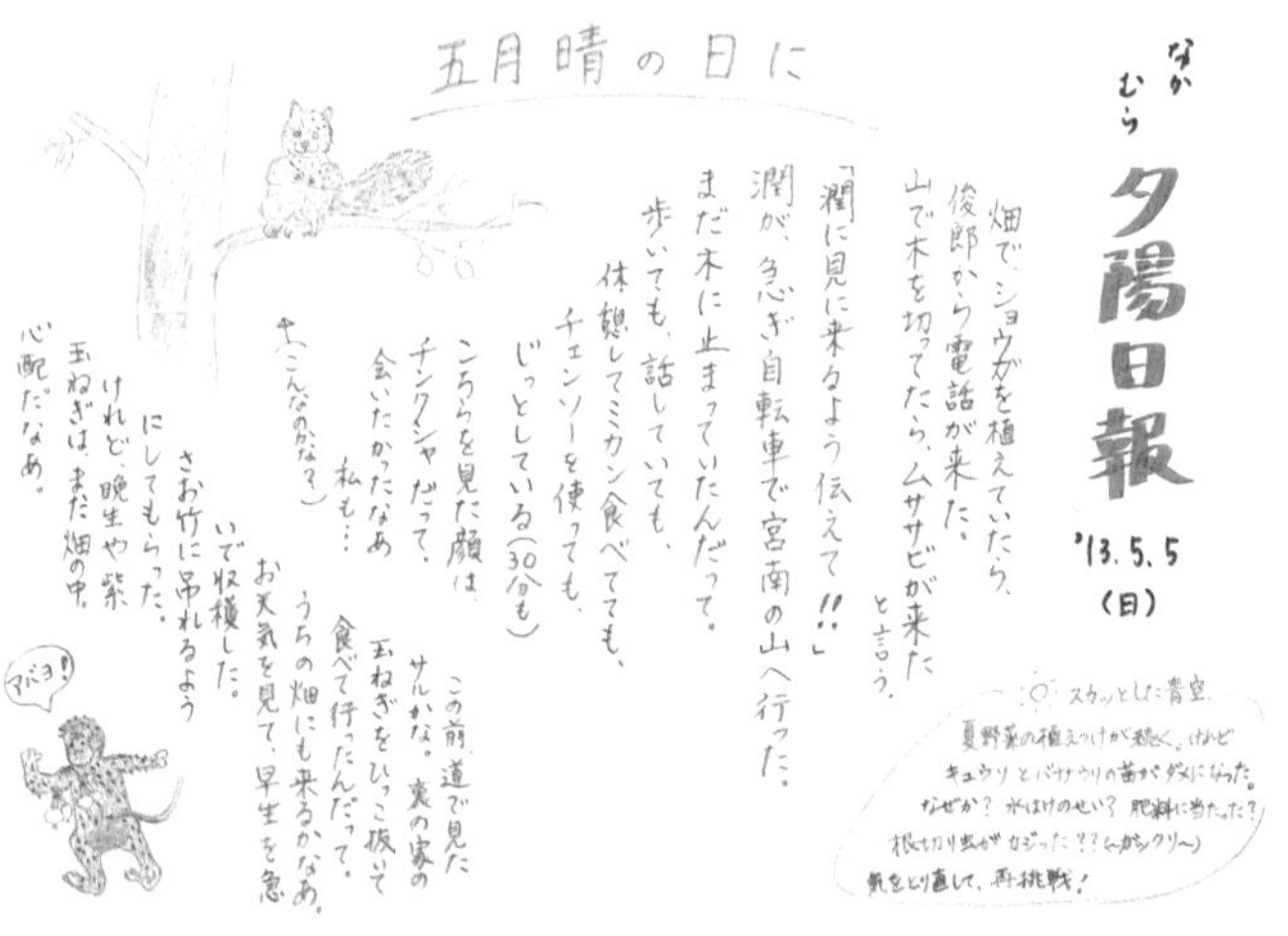

4 ピクセルとラボの仲間

二男が病後最初の仕事（週三日フルタイム）を辞めた後は、朝出かけて夕方戻るといった定期的に通える場が無くなってしまいました。再び仕事を探す力もなく生活習慣も乱れてきます。たまたまハローワークで知った訓練に行くことを、長男と一緒に勧めました。迷い迷いの決断でしたが、翌二〇一六年の正月が明けてからの三カ月間に、面白い体験をすることになりました。

二男が受けたのは、ハローワークの求職者支援訓練（『ピクセル』でのパソコン技能訓練）です。同期生は二人のお姉さまです。先生は正司先生。まだまだ話せない二男は、その中で黙って勉強をして隅っこで弁当を食べていたらしいのですが、お姉さまたちは優しく構ってくれていました。というのは終了に近づくにつれ、頻繁にメールを交わしているからです。気になって聞いてみました。すると若い方のお姉さまの発案で、卒業の日に渡したい、先生へのサプライズを制作中だと言うのです。お礼のプレゼント、DVDについての連絡をし合っていました。出演者はこの四名と特別出演の校長先生。でも正司先生は盗み撮りされての出演です。校長先生に悟空役を頼んで『かめはめ波』シーンを撮ったこと。その間、庄司先生が部屋から出ないように、しとやかな年長のお姉さまはあれやこれやと四苦八苦して話題を絞り出していたとのこと。などを話してくれました。

私は面白く聞きました。最後のシーンには二男が作詞作曲した先生のテーマソングが流れるのだそうです。びっくりです。よくぞ二人のお姉さまは、物言わぬ息子にうまく関わってくれました。

仕事を探す気力の無かった二男が、ピクセルを終えた勢いで、病気を明かさず二つ目の就職を探しました。木に心ひかれて、また三カ月のトライアルで正規雇用というシステムに一念発起し、額縁屋さんを選びますが、今度はフルタイムな上に、春秋には褒章の発注で忙しくなり土曜も休めません。折しも採用が決まったのは春でした。かなり頑張ったと思いますが表情が変わってきました。まだまだ二男は相方と息を合わせたり手早く作業したりする力は戻ってないのですから。

ひと月後腰痛で伊勢の病院へ入ります。当時は夫も津で入院していましたから、間に住む私は左へ五〇キロ、右へ二〇キロと二つの病院を行き来しました。保険手続き等の会社との緊急対応は、回復期の夫と連絡を取りながら会社へ走りました。退院が長引く病院と聞き、二男の避難場所にならないようにと事情を話して退院させてもらいました。綱渡りでしたがホッとしました。

一方、入院時の二男はかなりくじけて弱々しく、仕事の限界を感じていたようです。退院後も行けなくなり辞職を決めました。夫の入院中のあっという間の出来事でした。しかし、病院へ逃げる判断も退職判断も、二男の本能的措置（?）で、再発を自ら防いだのかもしれません。

そして……

後から分かったのですが、あのドサクサの入院中に歌を作ったというのです。その曲は『ぶきっちょブギブギ』。**「♪……何を言われても鈍感鈍感、余った材料でトンカントンカン、懸賞当たれと投函投函、のんびりしすぎたあかんあかん…♪」**とダジャレた歌詞が続きます。自虐的？と思いましたが二男の底にある明るさとも取れます。親の気も知らないでと腹も立ちますが、笑えます。

このように、緊張状態を強いられた時や大事なことは、他者に（家族にも）話せなくなります。心の中を表現できません。主治医に教わった『お願いやお断り』が言えるようになれたらなあ…。コミュニケーション能力や、生活技能訓練の必要性を感じました。そこでオープンしたばかりのミューズラボ（就労移行支援事業所）にたどり着きます。

当初、二男にはなぜここに行くのか分からなかったと思いますが、通うにつれて居場所のようになっていきました。スタッフと利用者がともに生活するといった雰囲気で、利用者の提案を取り上げてみんなでやろうというところが、二男に合ったのだと思います。言われたことをさせられるよりも、自分のしたいことを見つけて実行するのは大変ですが、二男は少しずつ積極的に参加し意思を表明するよ

うになっていきました。

ラボの仲間に自作の歌まで合唱してもらうようになったり、まだ掛かっていない看板をみんなで手作りする際には材料を家から運んだり、絵の得意な子を中心にシャッターアートをしたり、習字や絵手紙（病気の父親宛て）を書いたり、料理をしたり、オープンラボ（外部の人を招く機会）で自分たちの活動を紹介したり……。ミューズラボでは、個別活動と共に、仲間でやることも重視していました。自立と協力、共生は、どんな小さな社会の単位でも大切な力です。

入院が続く夫に代わり一人でやってくれるようになった田んぼの草刈りで、横七〇メートルの斜面の畔の方が、写真のようなアートになっていたのも、そんな二男の心持ちを表しているようで、私も楽しかったです。

（「お母さん、あれ、あれ」と指さす先が、ロサンゼルスのＨＯＬＬＹＷＯＯＤもどき化しているのを見たときは、さすがにたまげてしまいましたが……。）

けれどもいいことばかりではありません。ラボにはかなりの強者もいてその強烈な個性をまともに受けることもあります。長時間クールダウンをしなければ家に帰れず、そのうちに二男も負けまいと相手に突っかかったり、そのストレスを私にぶつけたりするようになりました。二男を理解し、家族とも連携して問題に対処してくれる南さんに相談し、見守りや働きかけをしてもらいました。

私の終活

二男は、三十二歳の遅い発症です。音楽活動にウェイトを置きつつも生活のための仕事を長くしていましたので、今まで体にしみ込んだ記憶がいい意味で作用する場合もありますが、逆に邪魔をして自分の力が見えなかったり、現状がなかなか理解できなかったりする面がありますす。だから病識を持つこと、病気を受け入れて自分に合った仕事を探すという納得も、し難いものでした。二度の仕事体験や続かなかったという失敗経験と、就労移行支援事業所の仲間と過ごした喜怒哀楽の体験で、二男は自身の病気について少しずつ分かっていきました。持ちこたえられる仕事や人間関係の量が分かってきました。厳しい社会を歩いてきた利用者と交わるにつれて、差別や偏見という問題を感じ取っていきました。この最後の問題が、厳しいです。

二男が持っている優しい資質（『心の産毛』と中井久夫精神科医が著書の中で表現）をすり減らさないために、多くの部分、最後の部分では、障がいを持っていない私（私たち）が、大きな心で受け止め理解し、まず変わっていかなければならないと思いました。受け止めてみると、私にも新しい豊かな世界が展開するのですから。彼らの『心の産毛』に病気でない私たちの多くが癒されるのですから。互いの心にゆとりや遊びや想像力がなくなると、勝ち負け、有り無し、正負、介入、ソンタクなどの力関係が生まれてきて、ケンカや差別・偏見、自虐、やっかみ、探り合い…もう大変になってきます。

親が子に残せるものは死んでから渡す遺産ではないと、この頃思ってきました。もう少し生かされている間に、祈りのように伝えること。それは、これまで多くの理解者に支えられてここまで来られたということを、二男に感じてもらうこと。制度の支援を受けながらの三度目の仕事への息子のチャレンジを、社長さんや会社の人、音楽を通じて生まれた友人など新たな理解者が加わって支えてくれています。きっと親亡き後もこのような人たちに支えられるだろうし、もしかしたら誰かの手助けをしているかもしれません。

先日ラジオから『かなりや（歌を忘れたカナリヤ）』という童謡が流れてきました。

歌を忘れたカナリヤは　後ろの山に棄てましょか　いえいえそれはなりませぬ
歌を忘れたカナリヤは　背戸の小藪に埋《い》けましょか　いえいえそれはなりませぬ
歌を忘れたカナリヤは　柳のむちでぶちましょか　いえいえそれはかわいそう
歌を忘れたカナリヤは　象牙の船に銀の櫂《かい》　月夜の海に浮かべれば　忘れた歌を思い出す

聞いているうちに、二男が音楽を捨てた八年前にも、ラジオでこの歌を聞いたなあ……と、思い出してきました。

その時は、拠り所としてきた大事なものを同時に失い病気になってしまった二男と重なって、この歌はとても残酷に響きました。切り捨ての論理は否定するものの、カナリヤを助けずに一人放り出す試練を与えることに、困惑と恨みのような感情を持ったことや、本当にカナリヤは再び歌うのだろうか、歌うことの喜びを思い出したら苦しさも付いてくるのでは……、などの疑問や悶々とした思いも蘇ってきました。

でも今は違って聞こえます。「穏やかな月夜の海を素敵な舟に乗せて揺らしてあげたなら、目覚めたカナリヤは一人で漕ぎ出していくと思う。銀の櫂を光らせて、新しい歌（本当に大切なもの）を、自分で見つけていくんだよ。外海に出たカナリヤが歌い続けられるように、安心で温かい港や見守り人《びと》が必要なんだ」と言っているように思いました。

私たちは、四人五脚でこれまでの長い日々を歩いてきました。これからの道のりを思うと、「やっていけるのだろうか？」なのですが、だからこそ今日を歩くしかありません。そうしたら後ろに道ができる。そんなふうに思うことが希望かもしれないなあ……。

伸びようと思うところに支えあり苗よ一人で頑張らずとも　（エンドウよ、この竹につかまってね）

全て世はことも無しとや赤毛のアン大いなるもの天に任せて　（アンは、現実を信じて受け入れる）

それでは夫にバトンを渡しましょう。

原稿を終えた段階では、このページは四人五脚の挿絵だけで空白だった。でもそうはいかなかった……


夫は別の依存が現れて、新たな状況を自身で認める作業に入らねばならない。

二男は病気から引き起こされる就労困難（関わろう活動しようと頑張るほど、情報が増えて生きにくくなる）という新たな状況に、自身で折り合いをつける作業に入らねばならない。

私は彼らの状況が飲み込めず、新たな症状に向き合うたびに息苦しさが募り、過去の厳しさはもうたくさんと、喜怒哀楽の「怒と哀」の感情に縛られた。

だが、悪あがきでは何も変わらない。


夕陽日報一号から抜粋した下の挿絵は、この物語の「始まり」だったけれど、四人をつないだ紐はすっかり古びて切れかかっている。

新しい紐で結わえ直すときなのだ。

彼らの現実を知ろうと身に引き寄せる今、この絵はこれからの始まりと見なければなるまい。

何をしたら、そして何をしなかったら、私の良いあがきになるのだろうか??


この本の『終わりに』で、少し書きたいです。

父からの章

道

「僕の前に道はない　僕の後ろに道ができる」
という
「歩いたあとが道になる人」
という

ああ　絶望の淵に沈んでいても
何という輝かしい希望だろう

迷路　行き止まり　前が見えず
横に　斜めにそれ　はたまた
後ろにもどり
大きな不安でとまどっていても
人が通ったあとを辿っていなくても

それが人のための道になるとは
何と明るい希望だろう

朝の微光の中に

今日と同じように　また
明日が来るなどとは　思わないでおこう
僕の心のスイッチひとつで
世界は壊れ
人々は死ぬかもしれないのだ

しかし
今日と同じようにまた
明日がつづくように　努力はしよう
僕の心のスイッチひとつが
世界につながり
人々は生きられるかもしれないのだ

朝顔は　明日の朝も　明るく咲こうとしている
飼い犬は体を伸ばしてかわいたあくびをするだろう
その朝の微光の中に
人がいなければならない

君の目と耳と心で

君は　見たことがあるか
夜の　川底の　えびの
ルビーの目を

君は　見たことがあるか
山の　谷の　岸辺の
小枝のつぶやきを

君は　見たことがあるか
夏の　川面の　カワセミの
心のふるえを

君は見たことがあるか

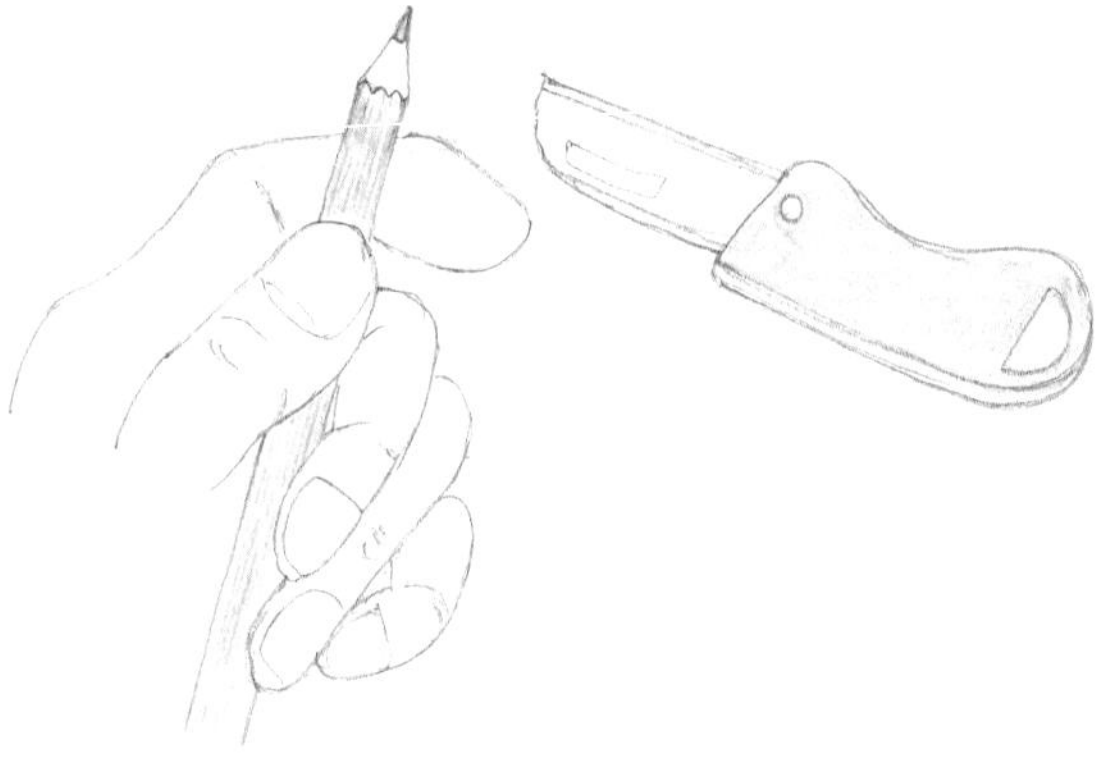

夢の　国の　子らの
底抜けの歓声を
君の　目と耳と心で

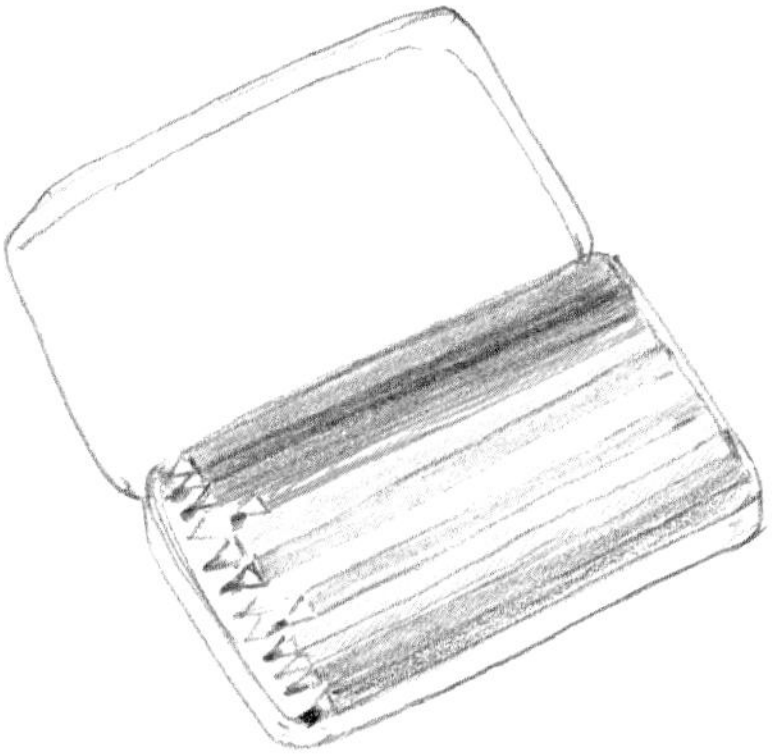

海よ　わたしは

あなたからは　獲るばかりで
とてもあなたは豊かだから
あなたの悲鳴は聞こえてこない

「海の悲鳴がきこえてくる！」

いいえ　それは　わたしの悲鳴
あなたを思うわたしの片思いに似て
わたしはわたしの中のあなたを思っているだけ
あなたに指一本触れることもなく……
恵まれていることに　甘え

あなたのそばに　おられることが
快く　そわそわ　わくわく　どきどきで
〝ひからびてしまわないで　あなた〟と祈っている
豊かなあなたのためにではなく……

表現宣言—ことば遊び—

河井寛次郎の言葉を借りれば、「すべてのものは自分の表現」こうまで達観されるともう、どんな言葉の表現も二番煎じどころか出し殻の無用物。それでもあえて言い表さねばならぬのがあやふやな決意。

線で、面で、形で、色で、量で、材質で、空間で、声で、音で、体で、動きで、表情で、衣装で、心象を、思想を、感情を、感覚を心理を、生理を意識を、意志を、無意識さえをも、表現せずにいられないのが、人間の本能だろう。

創造的な人間など、教育はめざさなくていい。人間は創造的なのだ。むしろ、創造して暇つぶしをしなければ、その退屈な、どれだけか計り知れない自らの生の時間を、もてあましてしまうのだ。木ぎれや石くれ、草木や花鳥風月などのように、何もしなくても、それ自らを表現し尽くしているものもあるのに。人は、何もしないでは、生きてもいられないのだ。生きているだけで表現しているのに、表現しなければ、表現していると、安心できないのだ。

実に、人それぞれにとって、それが有意義であろうと、無意味であろうと、生活であろうと、趣味であろうと、必要であろうと、娯楽であろうと、生きていることが（意図的でなくても）表現への希求であり、表現なのだ。今ここに、意図して決意する「ことば遊び」も、実に、この表現への限りない希求であり、表現なのだ。二番煎じであり、出し殻であるとしても、新陳代謝して、新しく生まれ出てきたものが、（古いものより劣性であるとしても）用済みとなって、死滅してしまうまでの、計り知れない、おそろしい生の退屈に対して、果敢に挑もうとする、むなしい表現なのだ。

むなしいというのは、目に見える色でも形でも動きでもなく、耳に聞こえるリズムでもメロディーでもなく、あやふやな心から出て、つたないことばを媒介に、これまた、もっとあやふやな他人の心に訴えようとする試みだからである。そして、もちろん、その表現は、自分にとっても、他人にとっても、生きる足しになることはない。むしろ、それは、無意味な積み重ねであるかもしれないし、あふれている無用物の更なる拡散物であるかもしれないし、不快な、むしろ、病的で不健康な、絵に描いたビールスであるかもしれない。

ということでは、しかし、もっともむなしく、だから、人の生のよりどころのない退屈さに匹敵するほどさびしい、表現の決意なのだ。

「ことば遊び」

月

銀のしずくのような
あおいガラスのかなしみ
夢見る少女のロマンでもなく
センチなあわい吐息でもなく
かわいたガラスのつめたさ
光のねつも透《すか》し
氷の痛みも透し
銀河からふりそそぐ
あおい雪のかなしみ
白く白くなるあお
やさしくやさしくなるかなしみ

いかりの刃《やいば》も

棘々しい悪意も
ウラギリやシットさえも
願いのような銀にとかし
鈴の音《ね》でもおちてきそうな
月

恋

静かな心でいたい
そう思って　またわたしは
湖の面に
石を投げる
わたしのつぶてが広げる波紋は
心ならずも　わたしを裏切り
やさしいはずの岸辺をたたく

ひそかにあたため　ほっかりとまどろみ
あどけなく　あそんでいた　岸辺よ
わたしの心は　その静けさに
思いをとどける紙つぶてのつもりだったのに
意外にも　ああ

酒乱の狂騒

岸辺をたたいた反響に
おどろき
目覚めてわたしは　欲を悲しむ

散り残った　夜の　さくら葉を見たいなどと
酔狂な　秋の夢を悔やむ
夢に巣くう　夥《おびただ》しい欲の糸を悲しむ

それでも　やはり
静かな心でいたい
そうわたしは　秋の空につぶやく

疲れているのだ

疲れているのだ
とっぷりと暮れた道を
とんぼりとんぼり足をひきずりながら
首うなだれてよろめいて歩く農夫のようには
家へ帰る目的も食事を考える希望もなくて
糸の切れたタコのような存在で
どこへ飛ばされるのだろう
どこへたどりつくのだろう
と不安がいっぱいで
束縛は何もない自由の痛みとつらさと
おそろしさにためらいつつ
それでも風船のようには体は空へ浮かないで
一日の疲れで重い足はアスファルトの

少しのくぼみにも足をとられてしまい
でも倒れたら幸いだ
両手をついて体をささえて身を起こして
立ち上がる元気もなければ
力を脱いて手足を伸ばし
ああ昔ならば頬にくいこむ感触は
もっとやさしかっただろうと
冷たく固いアスファルトに
いたみつけられながら……

おどろき

いつのまにか
わたしはおとなで

水の冷たさをためらっている

とつぜん糸が切れて
数珠玉が飛び散る

夥しい在る物の中で
失くしたもののひとつが大きい

用済みの道具のまわりに
重要な人の道がさまよっている
人の手足を求めて

水を沸かすのに心が要らない

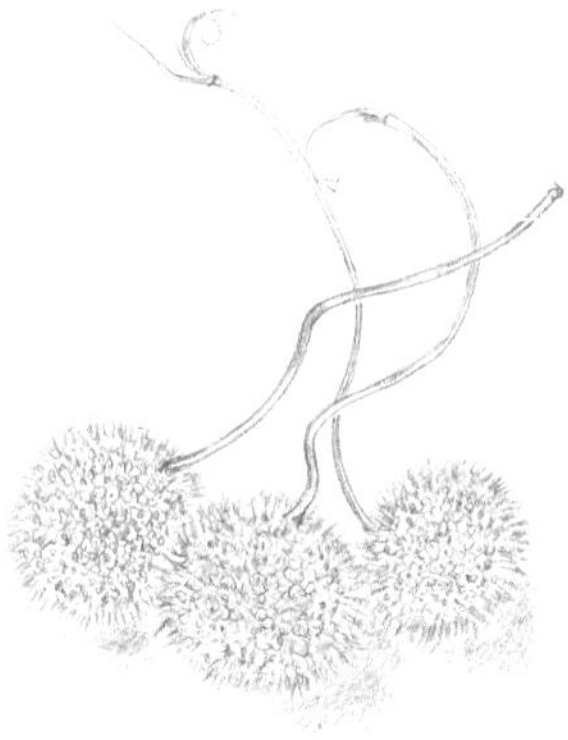

わかりすぎて――

いま
どうしても
言えない　ことばがある
尋きたいけれど
問えないことばがある

しかもあなたは
そのことばが
わたしの心のなかで
揺らいでいるのを
押しとどめられているのを
はっきり知っている

伝えるよりも　たしかに
伝わっていて
あなたが
あなたから
切り出せないでいることも
わたしには　わかる

そして
あなたは
あなたをわかっているわたしをも
わかりすぎている……

たんぽぽの綿毛と菩薩

たんぽぽの綿毛が飛んでくるのです。

初夏の、かすかな風に乗ってやってくるのです。

湿り気の多い、あるかなしかの空気の動きにも、遊ぶように浮泳していて、滑稽な生き物なのです。

捉えようとすると、微妙な風の動きにも敏感で、飛び離れてしまいます。それは、モンシロチョウのようで、追うと逃げ、やめると肩に憩う、気まぐれ屋さんなのです。


空気の鎮まるのを待って、綿毛自身の重みで落下してくるのを、両手で受け止めるのです。こわれやすい、たいせつな宝石を戴くような手のしぐさで……。

息を吐くのにも気をつかい、穏やかな空気の部屋の中で両手を合わせているのは、なんとも静謐なひとときでしょう。

雨乞いのように。けれども、それほどせっぱつまった渇きはなしに。

合掌のように、またしかし、冥途への願望や現世の厄除けという心もなしに。

手の平へ落ちてくる、重さのないものの存在を見、静かな、上から下への時間を待っているだけなのです。

しかし、そのようにして時間を待っていると、ふと二体の仏像が思い出されてくるのです。京都の三千院の阿弥陀三尊像のうちの、二体の菩薩像なのです。観音菩薩と勢至菩薩の、正座している像なのです。


それにしても、あの、動きさえ感じられる正座は、今から衆生を迎えに人の世に下降しようとして、立ち上がろうとする相なのでしょうか。

それとも、すでに仏の世界から来迎して、今まさに着座した相なのでしょうか。


他に見たことのない、あの正座の姿の菩薩像は、たんぽぽの綿毛が、手の上へ早く落ち着いてくれないかと、迎えに行こうと尻を上げたくなる私の気持ちと、いやいや、あせってはいけない、たんぽぽの綿毛自体の重みで、手の上へ届いてくれるまで、待ち続けるべきだと、尻を落とそうとする私の気持ちの、二つの相とは、もとより比べるべきものではないのでしょうが、なぜか、そのもの自体の重みで落下してくるのを待っている時間に、あの、正座の善薩像が思い出されてくるのです。

誕生日に

おめでとう

あなたは好きこのんで
父母にたのまれて
生まれてきたのではないけれど

〝この世に生まれてきてよかった〟
あなたはそうつぶやく

〝この世に生まれてきてよかった〟
あなたが心からそう思うとき

何も言わなくても
父母はきっとほほ笑んでくれるだろう
あなたもきっとほほ笑み返しているだろう

まいあさ……

まいあさ
花をもってきて
活けてくれる人がいる
だれも　口にしないけど
だれもが　知っている

はっ　と思う
あっ　とつぶやく
きれい

ほんの一瞬だけど
だれもが　そう感じて
だれもが　それぞれのしごとをする

たこ糸

一年坊主が
たこ糸を忘れてきた
たこを作り　上げるときになって
ぐずり出した

風がちょうどいい

「かあさんが　入れるの忘れた」

―きみも　確かめなきゃ―

ともだちのたこは　よく上がっている
「かあさんが　入れるの忘れた」
―きみも　確かめたか―

よく上がらない子も
糸ひっぱって　走り回っている
「かあさんが　入れるの忘れた」

トラックのコースロープの
切れ目に
たこを　ゆわえて
―おい―　これで上げろ―
―おい―　走れ―

三メーターほどの　たこ糸で
その場駆け足の　たこ上げ

すてき

子どもに日記を書かせていた
いい日記には
「すてき」と朱を入れていた
何度も「すてき」を入れた子が
ある日
そばに来て
「センセイ　テヲトッテ」
わたしは　何事かと思わずその子の
手を取る
「ああ　これでやっと

先生に
好きになってもらえた」
驚き不審に思っているわたしを尻目に
離れていった
ウイットに気が付いたのは
それからだいぶ後だった……

秋のしずけさ

青い空に向かって
ひとさし指をかざしたら
アキアカネがとまった

学校の
裏庭の
ひっそりとした
昼休み

あたりまえのように
女の子は
いつまでもいつまでも
たたずんでいた

えがお

てるてるぼうずをもらった
ピンクのほっぺ
笑っている目と口
くびにもピンクのリボンをつけて

手わたす人も笑っていた
もらった人も笑っていた

てるてるぼうずは
いまも笑っている

水色の花にたくして

春の立つ日よりも早く、かわいい水色の花が咲く。野や道べりの日だまりに、人目につかないほどひそやかに笑みをこぼす。オオイヌノフグリ。ものみな乾ききってひからびたような冬の大地に、天の恵みのうるおいを咲かせる。その花の命を思う時、生きとし生けるものすべての、特に人の命を思う。命の源の土や水や光を思う。そして、おそろしい自然の摂理につきあたる。

「かわいい」と言い「ひそやかに」と思う。「ひからびた」と思い「天の恵み」と言う。その自分の思いあがりに、深い落胆を抱く。日は日として日を輝き、水は水として水に流れ、土は土として土を育む。そして、花は花として花を咲く。それだけにすぎないのだ。自然の摂理。「めぐみ」と言い「うるおい」と思い「命の源」と考える自分の弱さを思う。思い人としての自分を悲しむ。花は、思って、咲くのではない。感謝して、生きているのではない。生の唯一の表現として咲き、自然の摂理として生きているのだ。

自分が花や物に他人に、思い入れをして、それに支えられ、あるいは、裏切られ、喜怒哀楽におちいることを悲しむ。生のひとつの表現としての、自分の欲を悲しむ。

光は雲にさえぎられても光。水は日に干されても水。土は氷におおわれていても土。そして花は、雪におさえつけられても花。

私は、雪にうかれて外で飛びはね、めったに見られぬ風景を愉しんで帰ってくる。ところがどうだ、次の日、溶けかけた雪の下に、前の日、他の誰のでもない、この私自身の足によって、踏みにじられた水色の花のあわれな姿が、日にさらされているのだ。

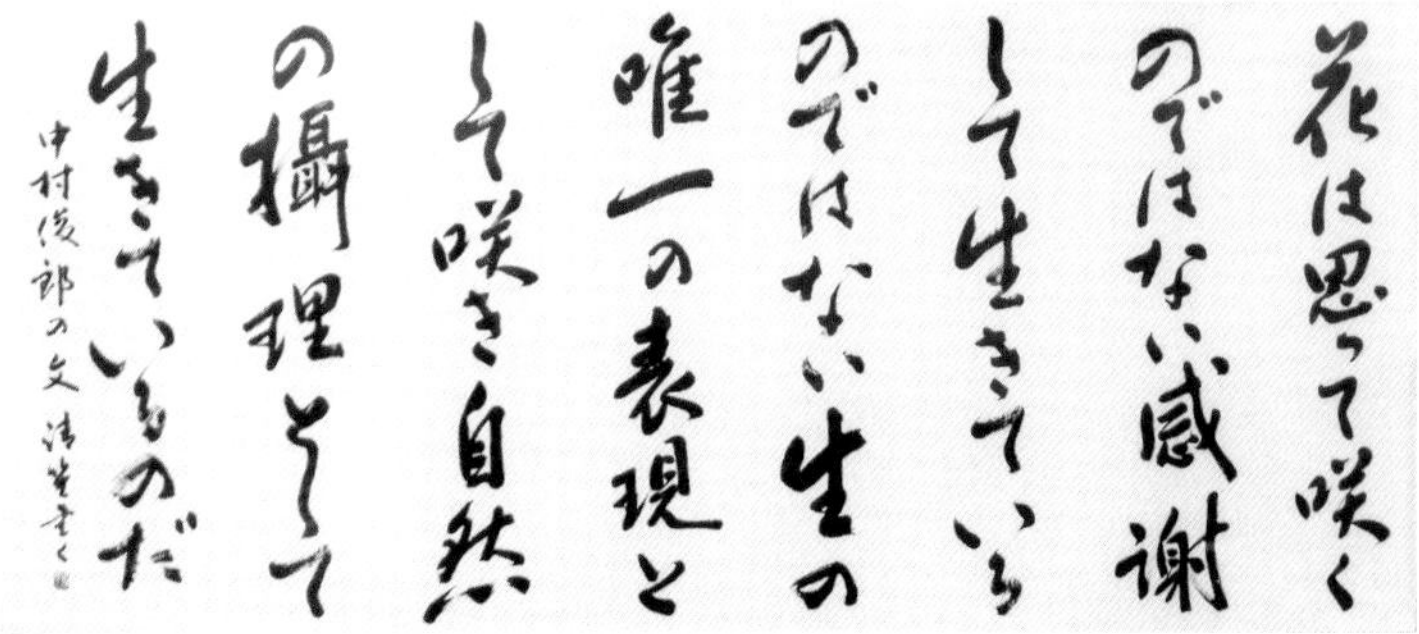

吉川雅子さん（友人）の書〈文中から抜粋して〉

どこかにじっと

どこかにじっと
たえていることばがある
どこかにきっと
わらえないでいるうたごえがある

光るとき

花　光るとき
土　疲れてる

人　光るとき
人　支えてる

水　光るとき
時　流れてる

魚も寝る

マグロの睡眠時間は
五秒

魚も　寝るのか⁉
そういえば

夜の川底の石にもたれて
横になっている
鮎を見た

鮎も
寝ていたのか⁉

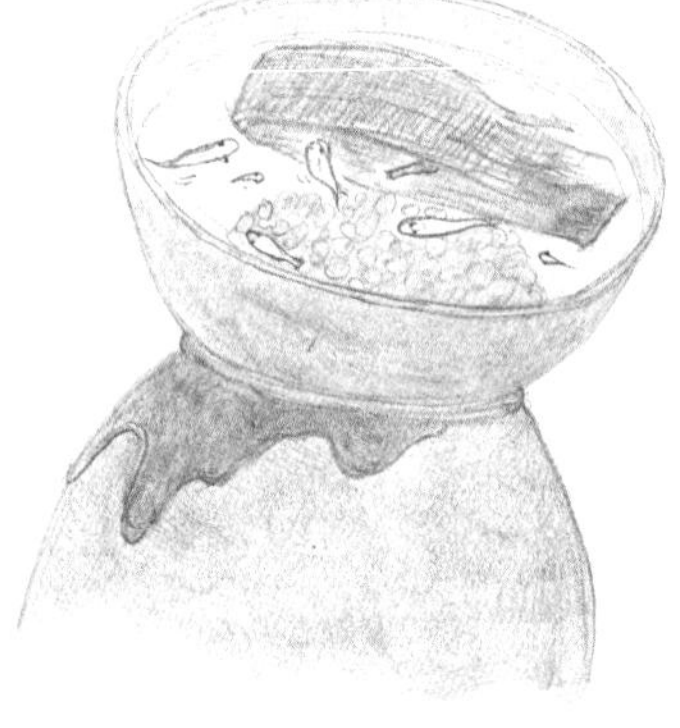

赴任期間

ふくらもうとしているのか
つぼもうとしているのか
春寒《はるさむ》の花

なびいているのか
あらがっているのか
春風《はるかぜ》の竹

足がもつれる四月

見上げたこぶしの木
つぼみが開きかけている
鬼瓦

だれも見ていないのに

だれも見ていないのに
咲いている花
人知れず
咲いている花

土と
水と
光の　恵みを受けて

人知れず
咲いている花

あっ

ちょうが　とまった

いくたびか

いくたびか　ためらいつつ
いくたびか　あきらめつつ
おそるおそる　衝動的に
決断し　実行すれば　また
いくたびか　ためらいつつ
いくたびか　あきらめつつ

線香花火

線香花火をしたいな
おとなも子どもも　いっしょになって

そのほそいきれいなつつみがみに
どんな魔術がかくされているのか
　火をつけると
シュルルルルともえちぢんで
クルクルと丸まって
チカッ
チカッ
チカチカチカチカと
しばし太陽のしょうばくはつ
線香花火をかんがえだした人は

きっと夢をあたえようとしたのだ
ちいさな太陽を
きれいな包みにくるんで
夢をもとめる子らに

合歓の花は
優しき花火の如くなり
圧倒的な緑の闇に

ねがい

ぽっと　明るい
そんな　しあわせが
小さな　胸に
ともってもいいのに
花だ
海だ
秋だ
雪だ
と
少女のように
言いふらさなくても
おさなごの
ひとつの笑いのように

ぽっと　明るい
そんな　よろこびが
かすかに　心に
ともってもいいのに

どんぐりとわたし

秋、大きなどんぐりの木が、二年に一度の実を落としました。
春、どんぐりの実から、糸くずのような一本の木が伸びました。
夏、その木は枝を張り葉をつけました。どんぐりの木、枝葉と同じように、周りの草木もどんどん伸びてきました。

わたしは、そのどんぐりの木の回りを四本の竹で囲いました。周りの草が伸びて、わたしが草を刈る時に、どんぐりの木・枝を切ってしまわないように目印にしたのです。

どんぐりの木、枝、葉よりも早い勢いで、周りの草木は伸びていきます。わたしは、どんぐりの木をじゃましないように周りの草木を引き抜きます。どんぐりの木がお日さまをよく浴びて、風とおしが良くなるようにするのです。

夏から秋にかけて、周りの草木は、刈っても刈っても引き抜いても引き抜いても、次から次へと伸びてきます。わたしは夏から秋にかけて、周りの草木を四回ほど草刈り機で刈りました。

やがて冬、周りの草木は伸びなくなり、どんぐりから伸びた木や枝葉は、しっかり土の上に立ちました。葉は緑色から茶色になり、そのうち落ちてしまいました。それでもどんぐりの木、

枝はしっかり土の上に立っています。木枯らしに揺れても倒れず、土の中に伸びた根に支えられて、土の上に立っています。

そうして、また春が来て、枝葉をいっそう伸ばし、上へ上へ横へ横へ、根は土の中深く伸びていきます。

わたしはまた、どんぐりの木の周りの草を何度も刈りました。

何年か経ち、どんぐりの木はわたしの背丈をこえました。

十年ほど経って、わたしはそのどんぐりの大木を伐り倒しました。太い枝も切り払い、一本の太い幹にして幹を一メートルほどの長さに切り落としました。

その幹に穴をあけ、一センチぐらいのしいたけ菌を埋めこみました。一メートルぐらいの木に六十個程度埋めこみました。（これが、市販されている原木です）

一本のどんぐりの木（クヌギです）で、十本ぐらいの原木がとれました。それらは、日陰に運んで立てて、倒れないように組みました。

そして、二年後の春に、どんぐりの木から、シイタケの芽がふきました。旬になると、原木のシイタケの花が咲いたようになります。私はドングリからシイタケをいただくのです。

砂糖菓子

今はすっかり売れなくなった
鯛の砂糖菓子を
毎日つくっている夫婦がいる
夫八十九才　妻八十八才

まっ新白《さら》衣に身をつつみ
黙々と干しあげては　並べ広げる

「買いに来る人いるのですか？」

「来ていただく　その人のために毎日作っています」

「・・・・・・」

いいんだよ

いいんだよ
そのままで　いいんだよ
花は花を生きている
水は　水を
雲は　雲を　流れている

空は　カラ
カラは　いっぱい
いっぱい　つめることができる

だから　いいんだよ
あなたは

いのち

大きな木を
両腕で抱えている人がいる

人肌のような幹に　耳を押しつけ
木の命の鼓動を聴いているのか
木の命の流れをつかもうとしているのか

風が騒いでも
若葉が揺れても
木の命を　たしかめているようだ

私の体をつくってくれたのは　母である
私の体をきたえてくれるのは　母ではない

父でも兄弟姉妹でも教師先輩監督でもない
もちろん医師や看護師ではない
食べるものと
私自身である

散る

桜の木の
みごとな捨て方
えいえいと　もくもくと
育み　たくわえてきた
結晶を
一気に
木全体で
ふるい落として
捨てる
花びら……

しあわせ

ねて
くって
あそんで
そして
ちょっぴり
ああ　こんなことしてて　いいのかな
そう思うとき

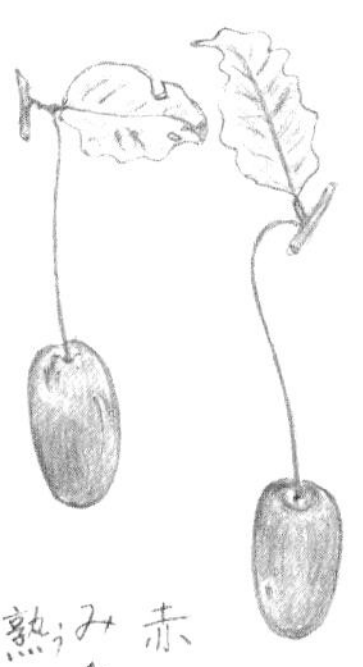
赤いイヤリング
みたいな　グミの実
熟れるのを父が待つ
鳥も待つ

ことば

ひとの　ことばを
思い出してみる

外は
雨戸をうつ風の音
笹鳴り
窓ガラスがゆれる
むしろをはたく音がする

ことば以前のものに心とらわれて
ものを考えなくていい安心にひととき
ひとの声を忘れる

音のようなことばは　ないものか
声ではない　ひとのことばは　ないものか
やさしくなくてもよい
身の毛のよだつものでもよい
ことばではない　ひとの声はないものか

思い出の感傷に色をつけては
嘘をついていることに気づかぬ言葉
蚕の紡ぐ糸に縛られて
いよいよ狭く自閉していく繭のつぶやき
美だと！　眺めているだけで　生きてもいないくせに
恋だと！　奪おうとしているだけで　指もふれないくせに
愛だと！　考えようとしているだけで　涙流すこともないくせに

肉は心を
無視して　裏切り
心は肉を

嘲けって　恨み

焼きぐりの火球は
熱がさめるまで
エネルギーが無くなるまで
力が死ぬまで
ピンポンされそう

一九七八年（昭和五三年）十一月
（二男誕生のほんの少し前）

詩人になれなかった私と詩人の二男

「ぼくは、なんでナカムラトシオというの？」

そう尋ねた私に、母はていねいに答えてくれた。

「ネコは、なんでネコというの？」

そう尋ねた私に、教師は、

「ネコはネコだから、ネコというんだ！　そんなあほなこと考えとらんと、勉強せい！」

と言い放った。

小学校の中学年の頃だった。今から思えば、その頃の私は、言葉と言葉の指し示す具体物や抽象物に興味関心を持ち始めていたのだろう。

知らなかったことを知った驚き、わからなかったことがわかった喜び、できなかったことができるようになったうれしさは、学校で数えきれないほど味わうことができた。しかし、自分の内側から湧き出してきた疑問やその疑問へのこだわりを、私はその教師によって、蹴飛ばされた、粗末に扱われたと今でも感じている。

学校から帰ったら毎日牛の飼い葉切りや水くみをすることで、加えて、季節に応じて茶摘みや田植え、桑摘み、茶畑や桑畑や菜種畑や麦畑の草引き、植林や若木の下草刈り、稲刈り、麦踏みや一年分の焚き物作りなどを家族とすることが、私の仕事であった。

小学3年生の頃、学校から帰って宿題をしている私を見つけて、祖父は、

「仕事と勉強とどっちが大事ね！」

と持っていた天秤棒で今にも殴りかからんばかりに怒鳴った。

ちょうどその頃、祖父に二畝ほどの田んぼの稲刈りを命じられ、手伝いに来てくれた友達と一緒に日がとっぷり暮れるまでやり、くたくたに疲れて漢字を書く宿題をしていかなかった翌日、担任の先生に呼び出され、叱られた。

「宿題と手伝いとどっちが大事なん！」

子ども心にも、祖父が仕事を、教師が宿題を念頭に置いていることはわかった。そして、子ども心には、どちらが大事なのかはわからなかった。

小中学校の教科書や図書室で読んだ詩に感動した少年は、「自分も詩を書きたい。詩が書ける人になりたい」と思った。

五十年前、私は「俺には詩は書けない。詩人にはなれない」と悟った。それでも、拙い、語彙の少ないことばで詩に非ぬものを書き止めた。「ことば遊び」「非詩」と自覚して、内から湧き上がることばを綴った。

古希を迎えるにあたって、五十年書きためた文を整理し始めた。そうするうちに妻が、「夕

陽日報」をひっぱり出してきた。二男が病気になってスケッチブックへ描いた絵や文が三十六冊たまっている。すると今度は、二男が文章の綴を私に見せにきた。三十一項目ある。そのことにも驚いたが、それらを「ひと晩で徹夜で仕上げた」と聞いて二度びっくり。

「ためてあったのか？」

尋ねた私ににこにこして

「数年間ちょこちょことメモしてきた」

ということ。

「処方箋の草案」三十一項目を読んで、私は感動した。

「これこそ詩だ！」「潤は詩人だ！」

二〇一九年（令和元年）六月

（二男の詩に初めてふれて）

言葉の処方箋の草案

色んな父母から習った畑の作り方、いや、ほったらかし方

415（良い子）

良い子、415とは、よく話を聞く子。吉四六（きっちょむ）さんのように聞いていればいいだけ。

そうすれば、そのうち嫌でもそれをすることになる。

念仏のように毎日同じ話を聞く。それは途方もない努力である。

自分のフィルターを通して入ってくる分が、本当に聞いている部分。効いている部分とも理解できる。

ほとんどが土壌に含まれる水のように地下から川へ流れていく。

しかし、作物に必要な分だけは、ちゃんと土に含まれてゆく。

それが、話を聞くことである。

人間一人が数年でできることは、ごくわずかなことであり、そして、途方もないことである。

514（小石）

514（小石）を見つけたら休め。

他人とは関わりたくない。人間の本能はそこから始まると思う（持論）。

性善説か、性悪説かで考えるとなると、後者のほうかもしれない。

だがしかし（駄菓子歌詞）、歌を歌うことにも似ている。

人生に嫌気がさして、歌うしかやることがなくなる。

そんなときに、潮時を教えてくれるのが小石だったりする。

途方もない荒野を開拓するとき、そこにいるのは荒野と自分だけ。

あと、一〇〇歩譲って道具くらいは存在してもいい。

そんな中で、今日はこれくらいの能力が出せる、これくらいやと明日またやってみようと思う。それを判断しながら動くのは容易なことではない。

そこで、自然の力（人が手を加えるということも含め）を利用して、手を止めるときを見定める。

シャウト

シャウト。日本語で書くと叫人とでも当てようか。
叫ぶ人。伝えたい部分　強調したい部分を強く言う。
それが高じて叫びになる。
そして　いつしかその叫びが心地よい音になる。
ムンクの叫び。どこかしら愛嬌のある表情。
怖いだけではない。
喉には使い方がある。小さく歌う。
ささやく。
ぼやく。
そうしたら　心に届いていく。
叫びにも度合いがあり　長続きするものを探していくと
自然とそれに落ち着くのかもしれない。
この旅はまだまだ続きそうだ……

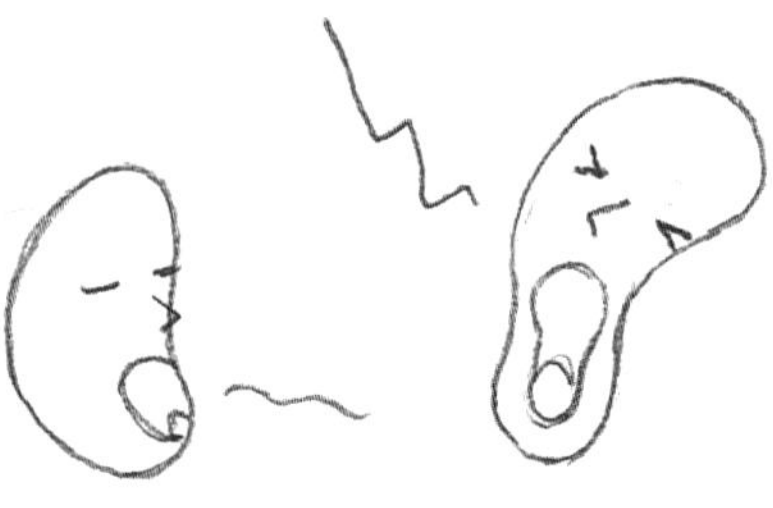

甥っ子とおじさん

不思議な関係です
親子でもなく、他人でもない
その中間的な感じ
程よく無責任で、程よい距離感
自分の夢を託す部分もあり、できなかったことを押し付ける部分もあり
いい迷惑かもしれないね
この場を借りて、ごめんなさい　m(_ _)m
ああ、直接言えるのはいつだろうか
あの世に行ってからかな（笑）

おもちゃ

おもちゃ。　514（131ページ）で言った道具と似たものかもしれない。
子供たちがおもちゃ箱を開けるように、
大人や、その仲間の人たちにも道具を選ぶ権利はある。
目的になっているおもちゃ。　いわばコレクション。
手段になっているおもちゃ。　いわゆる仕事のアイテム。
両方になりえるおもちゃ。　半人前の自分。

安いものを買うと、514（小石）に当たるときの手ごたえが少なく、
高いものを買うと、514（小石）に当たるときの手ごたえが大きい。
苦労して勝ち取ったものを持った時、人は自愛という言葉にたどりつくのかもしれない。

超高級車を、農機具のように使う人がいれば、
世界最高峰のピアノを、物置に使う人もいる。

その傍らで、上の代から受け継いだものを修理して大事に使う人もいる。

そして、もがいて見様見真似で市販のものに近づけようとＤＩＹ（自分で作り出す）する人もいる。

僕にとってのＤＩＹとは、誰にもアイデンティティーはやってくる　の略である。

人生のある時期にだけ、アイデンティティーというものを考える時期がくる。

そして、それが一瞬のひともいれば、数時間考えるひともいれば、何年間かかかるひともいる。

要するに、暇人かそうでないかである。

栗

いががあり、オニカワに包まれ、渋皮がある
その下にようやく実が出てくる
衣装に例えると、十二単のような印象である
皮に栄養素があると聞いた
渋皮煮という料理法を聞いた
オニカワの剝き方を聞いた
いがぐりの外し方を聞いた
もっと言えば、栗の落ちてくる時期や、木が折れやすいことも

でも、僕は店に並んでいるモンブランを選ぶだろう

僕には、毎年落ちる栗を待つ余裕も、集める気力も、剝く握力も、渋皮煮の手順を調べる意

欲も、栄養を考えて生きることもないから
ただ、おいしかった、楽しかった記憶を反芻する牛のようにモンブランを選ぶ
問分覧《モンブラン》（問い、分けて、ご覧ず）
えらっそうな人間様の端くれだ！！！

掘り出しもん

掘って掘って、運んで運んで、煮て焼いて、食べて、消化して、捨てて捨てて、、
そんな繰り返しの中で、新種を見つける
自分に合った新種を
関わったすべての人の意見を聞いて聞いて、自分に落とし込んで落とし込んで、、
苦労した結果、楽ができる
質とは何か？　それを知ることか？
量とは何か？　それを消化することか？
二つできて、本質も分かり、本領も発揮できるのかもしれない
どちらか欠けても中途半端
精神と、肉体の関係ともよく似ている
アイキャンディ食いっと（I CAN DIG IT）

雨宿り

数に追われて逃げてきて
たどり着いたこの場所に
ここにも数はあるけれど
前ほど多くないかなぁ
似たもの同士集まって
同じ空気を感じるの

外は雨だね。今日はお休み。

雨粒でも数えよう

出張ライブ

畑違い、
重々承知しているつもりだ。
しかし、境界線がぼやける。
ここまで、これを植えた。
しかし、こちらにはびこってくる。
力の強いものは、弱い者の領域を脅かす。
だから、かくまわれる。
この国はいいところだ。
弱いものはかくまわれる。
しかし、そんな平和な時代も終わり、
ついに弱いものにも追い風が。
前に出なければならない！
まあ、これが矢面か。

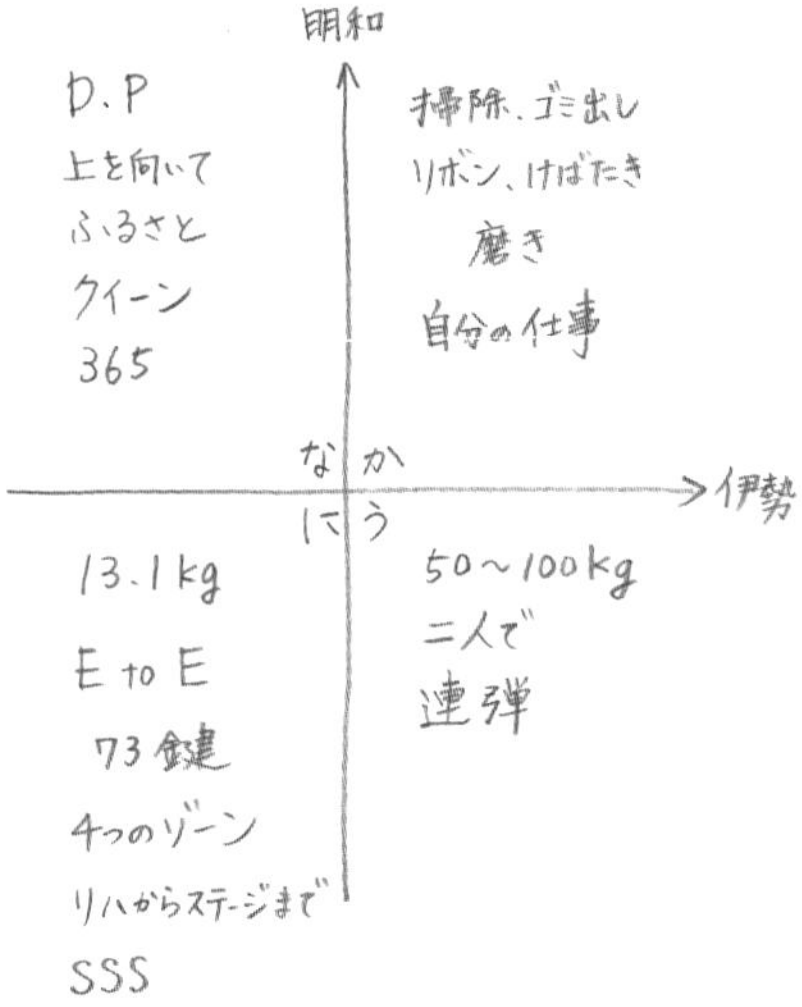

明和
D.P
上を向いて
ふるさと
クイーン
365
掃除、ゴミ出し
リボン、けばたき
磨き
自分の仕事
な か
に う
伊勢
13.1kg
E to E
73鍵
4つのゾーン
リハからステージまで
SSS
50〜100kg
二人で
連弾

まんざらでもないかな？

二回目

一回目より少し安心
予測がつく
間違えずに済む
手順が頭に入る
動作が体に馴染む
そして
また忘れていく
幸せなことだ
二回目があること！！！

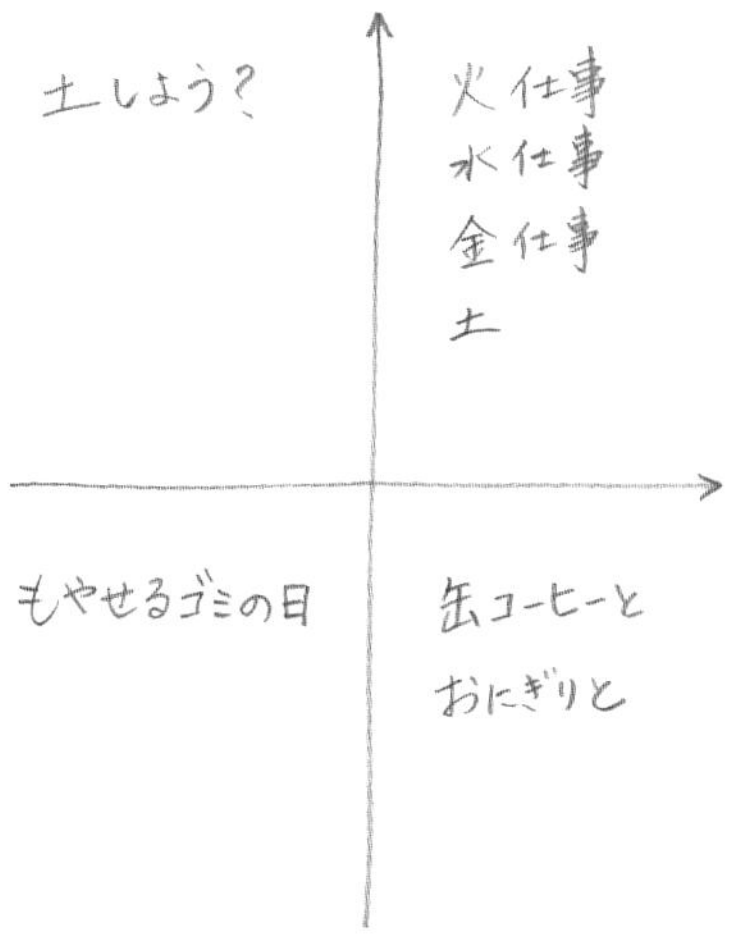
土しよう？
火 仕事
水 仕事
金 仕事
土
もやせるゴミの日
缶コーヒーと
おにぎりと

反省点

振り返る。
反芻とも似ている。
ゆっくり食べる。
それが嫌になるくらい時間をかけて。
そうしたら、力になる。身になる。
それで、得たものを素早く使う。
また充電期間が必要なのか。
雨ごいをしたり。日待ちをしたり。
努力は目に見えない。
切り取るには長すぎる。
編集作業で、いいところばかりが食卓に並ぶ。
次第に飽き飽きするものになる。

うんざりだ！

文化交流

大きくは国と国で
中くらいは県と県で
小さくお隣さんと

違うことを知ることは楽しいことだ
でも、度が過ぎると喧嘩になる
また、それが過ぎると楽しくなる

長いスパンで国家単位、部落単位、個人単位で繰り返されるサガ

108

一本足りない
ねじが外れた状態
大体僕の周りの物事はそんな感じだ
テレビで見ることや、教科書に書いてあることは完璧なことが多い
けれども、現実に起きていることはその逆が多い
それに目を向けると生きやすくなる
ハードルを下げるとでもいうのだろうか
寛容になるとでもいうのだろうか
いや、自然に生きるというのかもしれない
不自然な人間だからこそ、動物に憧れできないことをできるようにしていく
もともとハンディキャップを背負って生まれてきているのかもしれない

ローディー　二〇一九年七月二八日

裏方の道が始まったばかり。
話を聞こう。そして、相槌を打とう。
見て学ぶことから、書いて学ぶことへ。
気晴らしは口に出すこと。
苦手を克服していきたい。
長い道のりは、折り返し地点から始まりそうだ。
40＋40＝80
まだまだ、僕は道半ば。
生きるのが嫌だけど、視点を変えれば、来た道を逆向きに走ればいいだけ。
一回目より二回目という感じかな。
想い出をたどる旅が始まった！！！

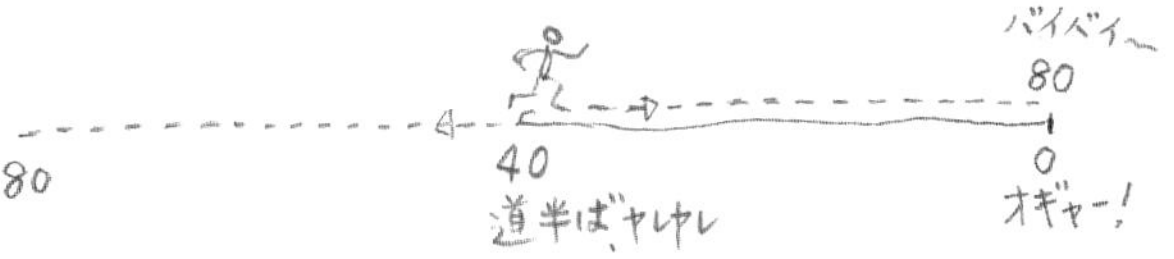

828

上から読んでも、下から読んでも
828
回文とでもいうのだろうか
こういうのは特別な感じがする

左右対称
何か守られている感じがする
両親に右手と左手をつないでもらっている感じが

いずれは、ぼくも2から8へと成長できるのだろうか
不安がよぎる
×4すればたやすいことだけど
人生はそんなにうまくいかない

1010タイムテーブル

１０（とお）１０（とお）四桁になった！！！！
10月が来たんだ！

実りの秋が終わり、次の年に向けて助走の時期だ
道具と、土壌にお疲れさんを言う時だ
そして、動いた体と、心にも栄養を

こんへいいや、こんへいいや

伊勢平野、伊勢平野！

唄で労おう。

終わらない最終ミーティング

話がどんどん主題からずれていくのが、
僕の癖です。
なぜなら、
そうしないと続かないから。

その場へ行って、
目についた仕事をこなす。
それが終われば、
別の場所へ。
視点を変えると、
新しい仕事が見えてくる。

積みあがらないという人もいる。

でも、それでいいのです。
それが僕だから。
受け入れるしかないのです。
失敗を恐れず、大胆に。
そんな、温室で育った僕だからこそ！

レポート完成版

新時代がきて
新しいビジネスが出てくる
今までは敬遠されていたことも
前向きにやってみる人が出てくる
賛同する人が生まれる
次第に普通のことになる
そこには、失敗や挫折、憤りや、嫉妬
色んな感情が生まれてくる
境目をぼかすことで、作物にも亜種が生まれるように
人間社会もそれに似ているのかもしれない

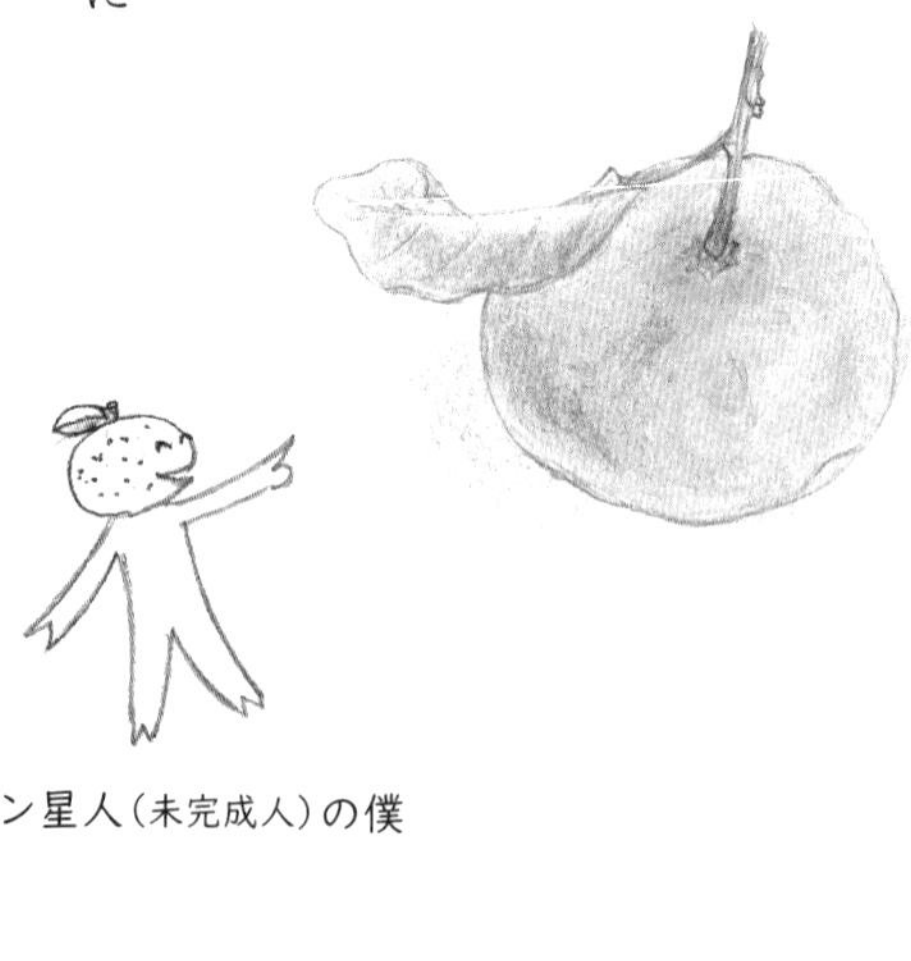

ミカン星人（未完成人）の僕

畑の作り方、いや、ほったらし方

この報告書を作るにあたって、
処方箋のようなものです。

M先生、S先生、別のM先生、そして今は亡きH先生。

ありがとうございます。
言葉の処方箋で、僕は治ってきました。
人生という病気に蝕まれたからだとこころは、治りようがないけれど、
少し治ったという錯覚に陥らせていただきありがとうございます。
これからもお世話になります。
白い粒と共に生きる僕たち。

C F B♭ E♭ A♭ D♭ G♭（F♯） B E A D G

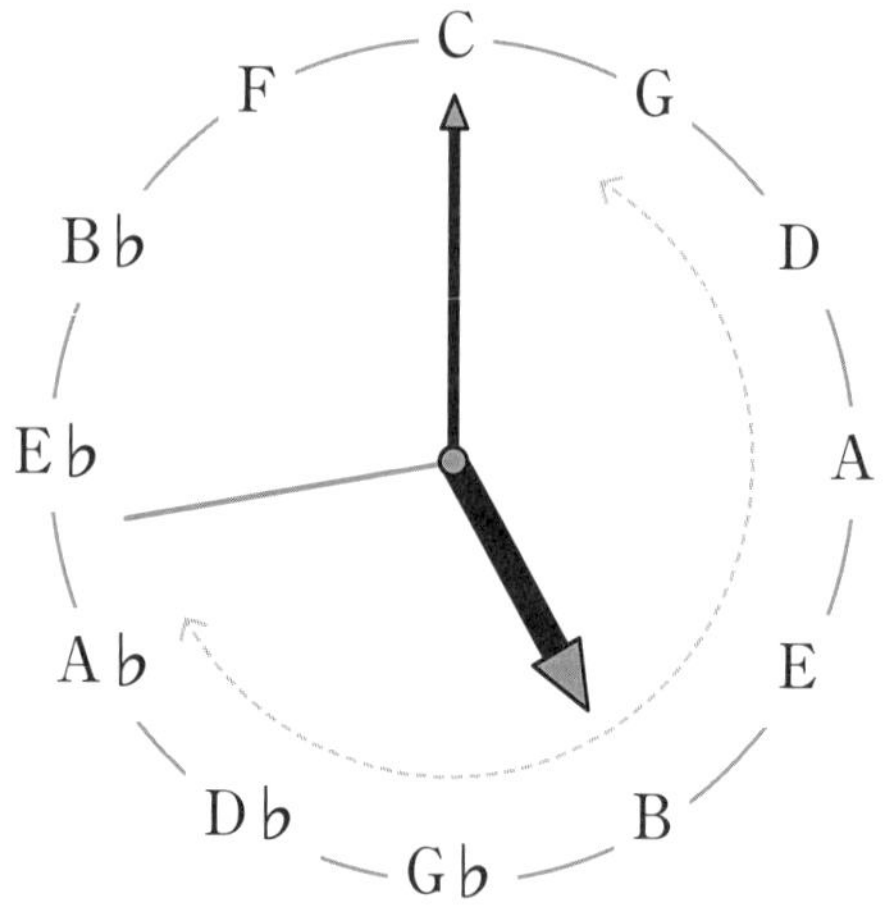

12時間のように丸い円になる
横並びの白黒(鍵盤)が、丸い円にようやくなり始める

一年が見えてきたかな

僕のレポート草案

僕の作品はほとんど8割が下書きだ!
直してしまうと勢いがなくなる
一夜漬け、早生、たたき台、殴り書き
色々表現はあるけど
ここまで読んでもらいありがとうございます。

よかったら「YouTube中村潤」で写真(歌)や文を見て下さい。

終わりに

「これはとても終わりにならない、というより、いつも再発する物語だ!!」

そう思うようになってきた。肺腺癌の手術のために一か月かけて禁煙した。手術は無事済んだが、抗癌剤の副作用には耐えられず、治療を断念した。半年後に再発転移した時、これまで関わってくれた医師が緩和ケア病院への転院を提案した。医師は、完治せず治療にも耐えられないならば、生活の質を落とさずに生きることが賢明と判断されたのだろう。私は同意した。しかし同意したものの、医者に見放されたことから次第に死に捕らわれていった。妻は動き出した。知人やE医師を訪ね、今後の道を探った。私は、医師や看護師や当事者やその家族の方々と話すうちに、少しずつ自分の状況が分かってきた。治療を求めて今の病院へ通うようになった。

二年近くを経た去年の五月、禁煙が続くものだと思っていたのに、受動喫煙の場に行って手を出してしまった。妻には隠していたがすぐばれた。大きく叱られ、「私が行ってあなたの代役をするから、もう吸わないで」の懇願に、私は心から肯き「もう吸わない。代わりに行かせてすまん!」と答えた。その言葉が妻を裏切り、後に夫婦間の信頼関係を壊していくとは……。

私は三度スリップした。最初の失敗は、精神科医の力も得て、抗癌剤治療を受ける決意でとどまった。二度目の九月も、治療を一休みして入院する形で絶つことができた。しかし三度目は違った。私は隠れて煙草を吸った。妻はそのつど見つけて取り上げた。私はすぐまた買った。「禁煙より治療を辞める」とさえ言った。妻は手紙で「死に急がないでください。『二男と生きる』と強く望んだあなたの姿が、今は私には浮かんできません。まだまだあなたの力が、あの子には必要です。そして病と付き合いながら命を大切にしていくあなたの姿を、あの子や私の目に刻ませて……」と伝えてきた。しかし辞めると煙草に捕らわれ、吸うともっと捕らわれた。十二月から一月と、妻の心は疲弊し、枯渇し、立ち上がれなくなってしまった。

アルコールでは、今日（一月二二日）で一四〇四日間の断酒が続いているが、まだ四年も経っていない。禁煙は二年も続かなかった。こんな私が、妻や子を思いやることができるだろうか。むしろ言葉の暴力で蹴飛ばし、聴く耳持たぬ殿様に成り代わっているのではないか。妻は三下り半を突きつけることもできず、自分をも傷つける仕込み刀を杖にして日常を生きているのだ。

去年の五月には、私の元気なうちに本が仕上がることを願い妻は原稿に向かったのに、九月の入院中にも、私や息子の詩を選んでそれに合う挿絵を考えた様子を楽しげに話したのに、全体構想や出版社との進捗状況を嬉しそうに私に報告したのに、私の三度目のスリップでは、妻は最後の文が書けないと言った。本を仕上げる意味も二人で作るという希望も、妻は見失っていた。

仕事についたことで起きる様々な困難を妻に吐き出す息子の現状も、妻を悩ませている。私は妻の役に立ちたかった。生きている間に、認知症がひどくなる前に、まともな思いや考えを書き残し言動に結び付けたいと、これを書いた。

俊郎

夫から渡されたこの文章を読んで、私は救われました。

『とても終わりにならない』私たちの物語、『いつも再発する物語』という夫の言葉は、「終わりがないということは、いつでも区切りをつけて終われることだよ」と私に心の自由さを知らせてくれたようで、まずこの項を書いて、本を仕上げようと思えてきました。音楽を捨てた二男が再び取り戻したときに作った歌、『灰色の喜び』という題名が浮かんできました。黒でも白でもない灰色は、混沌とも曖昧ともとれますが、多様さ・面白さ・強さでもあり、どこまでも自由な色です。

私はとても辛かったとき、「大きなものに身を任せよう」と思うことで、フッと楽になれました。大きなものの正体は何か分かりませんでしたが、きっと『灰色の喜びみたいなもの』……人によって違い、その人にとっても無数に感じるもの、何の期待もせずに待てるような力、希望を潜ませるもの（希望を見出す力）のように私には感じられてきました。三年程前、二男が歌うこの曲を初めて聴いたとき、夫が「たとえ叶わなくても『灰色の喜び』を見つけることが、彼の生涯の希望だな」と私に言いました。私のこれからも、同じだと思いました。

ここまでがんばれたのは、編集担当の畠山紋寧さんとお話しできて嬉しかったことや、温かい対応や助言に励まされたおかげです。お顔も知らないのに、私は声や文面から勝手な想像を膨らませました。どうもありがとうございました。そしてこんな素敵な本に仕上げていただいて、編集チームの皆さまありがとうございました。

二〇二〇年一月三十一日　　中村 眞知子

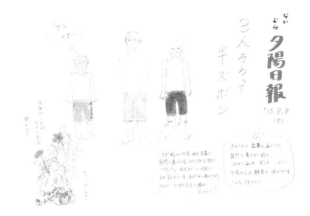

中村 俊郎

1950年、伊勢の度会の地に生まれる。大学卒業後35年間、教育現場や教員指導の場で務める。退職後自分がやりたかった山の仕事を一人楽しむが、62歳からは「二男と生きよう」と決め、一緒に山に入り薪づくりをする。『分け入つても分け入っても青い山……山頭火』を求めて。今は、以前から続く闘病と66歳から始まった逃病を、病と共（友）に生きようと考え、田舎の古い物々を整理しながら新しい発見をしている。

中村 眞知子

1950年、伊賀の地に生まれる。同じ大学で出会い卒業後結婚し、津と度会で教職に33年間携わる。61歳からは「三人の生活を豊かに」を心に、花や野菜や果樹の世話をする。今は、腰痛から畑を諦め、草もあまり引かなくなったが、65歳の誕生日に買った二胡を代わりに弾いている。夕陽日報は、たまたま家にあったB4判スケッチブックを好きなように使って、鉛筆や色鉛筆で描き始めた。

中村 潤

1978年、度会の地で生まれる。高校時代に友と合わせる音楽の楽しさに目覚めた。大学卒業後ロサンゼルスに音楽留学し帰国後東京でバンドを組み全国を回ったが、病気を機に故郷へ戻る。この時捨てたはずの音楽を、障がい者が奏でる音の饗宴を聴き、再びキーボードを手にするようになった。今は楽器店に短時間勤務をし、自由な時間で自作の曲やカバー曲を人前で弾けるようになる。「根《こん》を詰める前に、身も引けるようになろう……と。」

なかむら夕陽日報《ゆうひにっぽう》

2020年5月12日　第1刷発行

著　者　中村俊郎・中村眞知子・中村潤
発行人　久保田貴幸

発行元　株式会社 幻冬舎メディアコンサルティング
〒151-0051　東京都渋谷区千駄ヶ谷4-9-7
電話　03-5411-6440（編集）

発売元　株式会社 幻冬舎
〒151-0051　東京都渋谷区千駄ヶ谷4-9-7
電話　03-5411-6222（営業）

印刷・製本　中央精版印刷株式会社
装　丁　立石 愛

検印廃止

Printed in Japan
ISBN978-4-344-92695-0 C0095
幻冬舎メディアコンサルティングHP
http://www.gentosha-mc.com/